华夏文库
经典解读系列

魏晋时的那些事儿

——品读《世说新语》

李振峰 著

大地传媒 | 海燕出版社

“华夏文库”发凡

毫无疑问，每一个时代都有属于自己时代的精神追求、文化叩问与出版理想。我们不禁要问，在21世纪初叶，在全球文明交融的今天，在信息文明的发轫初期，作为一个中国出版人，我们正在或者将要追求什么？我们能够成就或奉献什么？我们以何种方式参与全球化时代的文化传播进程？在一连串的追问下，于是，有了这套“华夏文库”的出版。

自信才能交融。世界各大文明在坚守自身文化个性的同时，不约而同地加快了探视其他文化精神内涵的步伐，世界不同文明正在朝着了解、交流、碰撞、借鉴与融合的方向前进。在此背景下，建立自身的文化自信，正是与世界各文明民族进行文化交流的基本要求。五千年中华文明与文化正在不断地被其他文明所发现、所挖掘、所认知，汉语言正在生长为世界语言，儒文化正在世界各地生根发芽。借助这样一种正在成长着的文化自信、自觉、开放、亲和之力，用我们这个时代的学术眼光全面系统梳理中华五千年的文明与文化，向其他各大文明与文化圈正面展示自我，让中华优秀文化成为世界文化的重要组成部分，正是我们出版这套文库的目的之一。此其一。

知己才能知彼。身处五千年文化浸润的今天，重新思考我们先人的人生思考、价值思考与哲学思考，找到一个民族、一个国家的价值所在、立命所在、安身所在，这已经是我们这个时代的学人与出版人不得不再思考的问题。作为中华文明的一分子，我们在思考的同时，还必须了解我们的先人创造了如何优秀的精神文明与物质文明以及社会文明。只有熟知自己的文化，热爱自己的文化，悟明自己的文化，我们才能宣说自己、弘扬自己、光大自己。因此，我们策划组织这套“华夏文库”的初衷，还在于让当下的知识青年全面系统瞭望中华文明与文化的全景，并借此能够对更为深广的世界各民族文化提供一个比较认知的基础。此其二。

顺势才能有为。我们正处在农耕文明、工业文明、信息文明的交会处，信息文明带领我们从读纸时代进入读屏时代，以智能手机屏幕为代表的书籍呈现方式正在与纸质书籍争夺阅读时间与空间。我们正在领悟数字技术，正在以信息文明的视角，去整理、分析和研究农耕文明与工业文明的文化遗产，不仅仅是为了唤醒优秀的传统文化，我们还在生发和原创着当今时代的文化。由此，我们试图架起一座桥梁——由纸质呈现而数字呈现，由数字呈现而纸质呈现，以多媒介的书籍呈现方式，将文字、图像、声音与视频四者结合，共同筑成“华夏文库”，以奉献给信息文明时代的新读者。此其三。

总之，这是一套——专家大家名家写小书；以最小的阅读单元，原创撰写中华精神文化、物质文化与社会文明系列主题与专题；以图文、音视频多媒介呈现的方式，全面介绍与传播中华文明与优秀文化，系统普及与推介中华文明与文化知识；主旨是为了让世界与中国共同了解中国的——大型丛书，借此，复兴文化，唤起精神，融入世界。

耿相新

2013年6月27日

前 言

魏晋时代是中国的知识分子艺术心灵觉醒的时代，在经历了儒学的衰微之后，《老子》、《庄子》和《周易》成为那个时代人们阅读的经典。于是，老子的出世隐遁和宇宙哲学，庄子的逍遥境界和自由情怀，连同《周易》神秘的思考，一起走入文人的世界。那是一个什么样的世界呢？那里有关于“有”与“无”的思辨，那里有山水之间的老庄清音，那里有对人生的深情感悟和对自由境界的追求。在“三玄”的影响下，魏晋士人行为高简瑰奇，谈吐发言玄远，蔑视儒学的种种束缚，恣情尽意，在“无何有之乡”体验着逍遥的快乐。那时，老庄美学中那种非功利的审美心态超越了儒家的礼乐教化观念，成为那个时代的思想主流。当士人们从儒家关注的江山社稷中抽身而出时，老庄这份珍贵的文化遗产摆在了他们的面前，它的自由精神诱使知识分子将专注的角度转向对人自身的思考，这时人觉醒了，艺术的心灵也觉醒了！

与此同时，魏晋又是中国历史上的大变乱时代之一，其间东汉政权、曹魏政权和司马政权更迭纷纭，加之“八王之乱”“王敦之乱”等事件，魏晋政坛呈现出一派乱象，政治派系林立，层出不穷。士人们不得不在政治的丛林中穿行，然而他们不是那里的主人，生杀予夺的大权也不在他们手里，他们的生命被政客们玩弄于股掌之间。那个时代，每个人的生命都充满了诡谲，“福兮祸所伏，祸兮福所倚”，今朝的富贵，有可能是明日杀身的理由。“城头变幻大王旗”，文人们在政治的变局中无所适从、动辄得咎，稍有不慎，就会殒身亡命。“死生亦大矣，岂不痛哉！”面对生命无常的现实，文人们的情感变得异常敏锐起来。在他们看来，在那样的时代，生命的存在是一个奇迹，生命或死亡都是激发人们深情的理由。所以，魏晋时代的人们异常深情，王戎曾说“情之所钟，正在我辈”，深刻地说明了那个时代士人们情感世界的真实景观。

在艺术的心灵觉醒的时刻，在深情成为普遍的心灵现实的时刻，魏晋士人的生命焕发出耀眼的光辉。玄心、洞鉴、妙赏、深情，成为那个时代的精神符号；慷慨、悲凉成为那个时代的底色。一群名士或悲歌，或长啸，或高标自置，或放诞不羁，徜徉于山水间，流连于美酒前，或发隽语，或出妙评，或从正业，或为邪行，千奇百态，笑语悲歌，无所不有，孕育了只属于那个时代的“魏晋风度”。历史总会有自己的书记官，奇特的魏晋风度又岂会被人们忘记，南朝刘宋的临川王刘义庆招聚当时群贤，广事搜罗，最终形成了一部“名士的教科书”——《世说新语》。

现在呈现在大家面前的这本小书，可以视为我阅读《世说新语》的一段心灵札记。我一直认为，为人必须有“逸气”，方可谓有几分精神。逸气是什么？逸气是一种卓尔不群之气，逸气是一种高洁傲岸之行，逸气是一种艺术的人格，逸气是一颗深情的心。孟子说，“吾善养吾浩然之气”，“浩然之气”可以培养，“逸气”当然也可以培养，而培养之法则是读《世说新语》。曾经有人说，如果想要读懂中国的知识分子，首要的条件之一就是读《世说新语》，这是深刻之论。中国的文人知识分子的独特之处，就在于他们自身的逸气，一切“狂狷”的中国知识分子，无不沾染了“魏晋风度”的

“逸气”。“魏晋风度”已经融入我们的骨髓，成为我们生命的一部分。在如上的意义上，《世说新语》对了解中国的文人，了解中国的文化，养成自身的品格，都具有极其深远的意义。

夜晚来临，当我一边阅读《世说新语》，一边敲击键盘，留下阅读的记忆的时候，真有一种清水洗尘、超凡脱俗的感觉。这样的感觉，在我们如今的时代里真是久违了。朋友，在这样的夜晚，如果我愿意用我这本轻薄的小书，邀请你一起走入《世说新语》的世界，一起去体味一番魏晋士人的悲喜人生，一起去体味一下名士的滋味，你会愿意吗？

李振峰

2013年3月9日于寓所

目 录

一 悲凉之雾

二 逍遥滋味

三 笑说名士

四 非常对决

五 凡俗魏晋

六 昨日重现

七 相遇政治

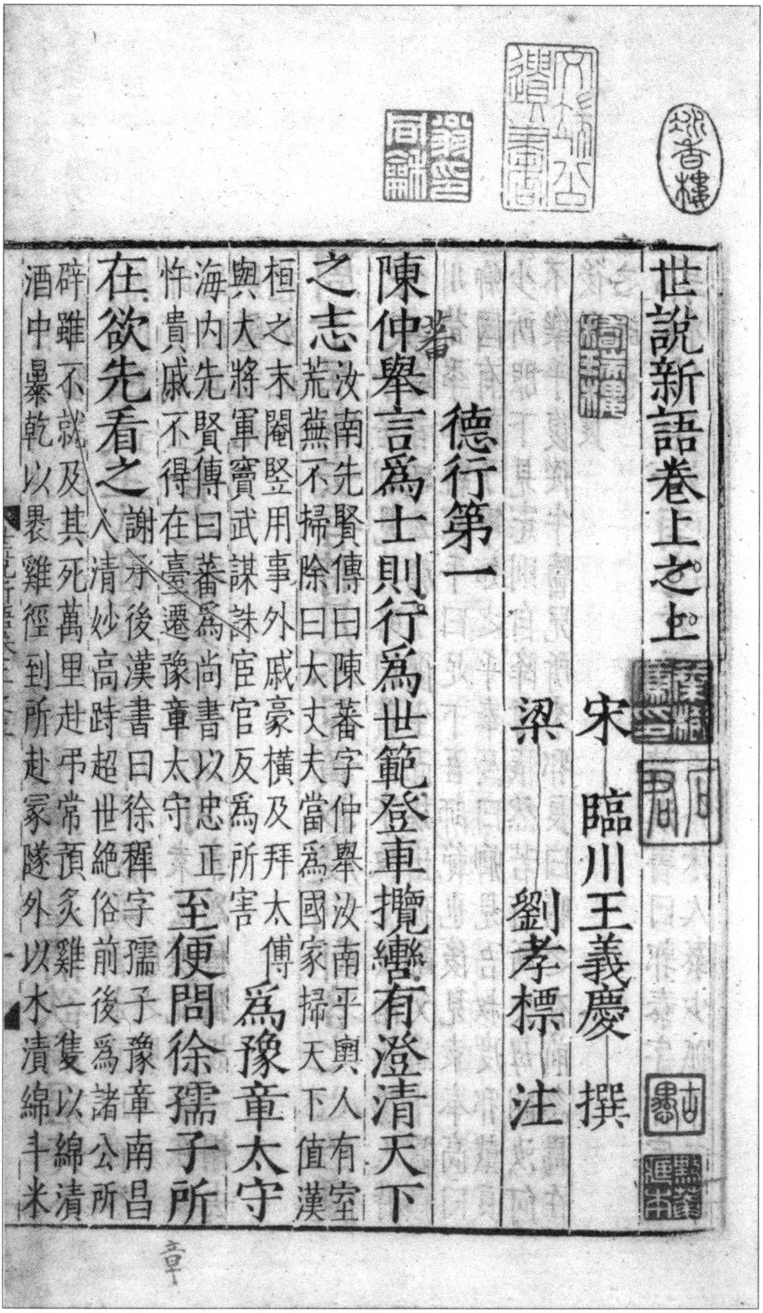
世說新語卷上之上

宋　臨川王義慶　撰

梁　劉孝標　注

德行第一

陳仲舉言爲士則行爲世範登車攬轡有澄清天下之志汝南先賢傳曰陳蕃字仲舉汝南平輿人有室荒蕪不掃除曰大丈夫當爲國家掃天下值漢桓之末閹豎用事外戚豪横及拜太傅與大將軍竇武謀誅宦官反爲所害海内先賢傳曰蕃爲尚書以忠正忤貴戚不得在臺遷豫章太守爲豫章太守至便問徐孺子所在欲先看之謝承後漢書曰徐穉字孺子豫章南昌人清妙高跱超世絶俗前後爲諸公所辟雖不就及其死萬里赴弔常預炙雞一隻以綿漬酒中暴乾以裹雞徑到所赴冢隧外以水漬綿斗米

《世说新语》书影（据明嘉靖苏州袁氏嘉趣堂刊本）

一

悲凉之雾

《世说新语·栖逸》许询隐居山林故事（清咸丰萧山王氏养和堂刊本《於越先贤像传赞》·任熊绘）

《广陵散》绝

——嵇康的生命绝响

嵇中散临刑东市，神气不变。索琴弹之，奏《广陵散》。曲终，曰："袁孝尼尝请学此散，吾靳固不与，广陵散于今绝矣！"太学生三千人上书，请以为师，不许。文王亦寻悔焉。（《世说新语·雅量》）

262年的一个秋天，洛阳城的太阳照常升起，雁阵惊寒，万物凋零，一丝凉意在天际悄然掠过。顺乎天道，秋天是一个刑杀的季节，古人往往将死囚行刑的日期安排在此时。自汉代以来，长安的东市为行刑的场所，因循旧制，"东市"遂成为了刑场的代称。这一天，洛阳的东市迎来了一位不寻常的犯人，此人就是"竹林七贤"之一的嵇康。据《世说新语》记载，嵇康在将被处死时，神色不变，向其兄索琴弹奏，所奏之曲便是《广陵散》。高台之上，琴声悠扬，台下千人仰望静听。乐曲终了，嵇康说："袁孝尼曾经向我请求学习这支琴曲，我因珍爱一直没有教他，因而，《广陵散》在我死后将成为人间绝响了！"嵇康名动当时，深为青年才俊爱戴，太学生三千人上书朝廷，请求拜嵇康为师，以求阻其被杀，但最后无果而终。这段记载是异常动人的，它的动人之处在于，生死本是人生命中的大事，所谓“死生亦大矣”，但是，嵇康当临刑之际，首先想到的不是自己的生命即将终结，而是为一支即将失传的古曲感到痛惜。换言之，嵇康将自己生命的全部价值寄寓在了《广陵散》上面，他更加重视的是人的精神存在，而相对淡忘了肉体的生命。嵇康不是不珍惜自己的生命，但是当一个人的生命不能由自己掌控，此时如果仍旧执着于生死，流露出恐惧惊慌，那么人应有的尊严就失去了。换句话说，在死生面前所表现出的态度往往彰显了一个人的品格，嵇康在整个行刑过程中表现得豁达而深情，带有明显的“魏晋名士”风范。

嵇康生活的时代，正是以司马昭为首的司马家族即将取代曹魏政权的时代，两大政治集团的争斗已见分晓，司马家族一时权倾朝野。在这样的政治形态下，所有人都面临着“选边站”的问题，任何人都有可能因为选择不慎而成为斗争的牺牲品，嵇康也不能例外。但嵇康的身份却是非常尴尬的，一方面，他的妻子是曹操的孙女，这决定了他与曹氏政权天然的亲缘；另一方面，他是著名文人集团竹林七贤的核心人物，对天下知识分子有举足轻重的影响力。这两方面对嵇康而言都是致命的。作为曹氏的姻亲，他无形中已经成为了司马家族的假想敌，仅凭这一点，嵇康就已经时刻有性命之虞；更重要的是，作为天下知识分子的偶像，嵇康对当时思想领域的稳定性无疑具有极其重要的意义，他本人的思想倾向决定了政治博弈的天平向哪一方倾斜。可以想象，司马家族如果不能将其收为己用，则必欲除之而后快，绝不会容忍其在思想领域对己方不利。嵇康是聪明人，他也认识到了自己的不利位置，故此他采取了一种全身避害的生活方式，同为竹林七贤的王戎曾说：

“与嵇康居二十年，未尝见其喜愠之色。”（《世说新语·德行》）

由此可见，嵇康平时待人处事可以做到喜怒不形于色，而且一以贯之坚持了至少二十年，让作为朋友的王戎都发出由衷的赞叹。这当然可以理解为一种对名士人格修养的自觉追求，但是其中恐怕也包含着嵇康“临事而惧”的谨慎之意。这一点，可以在史书中得到证实，《晋书》记载嵇康：“恬静寡欲，含垢匿瑕，宽简有大量……长好老庄……常修养性服食之事。”这即是说，嵇康为人清淡寡欲，和光同尘，刻意掩盖自己内在的锋芒，服膺老庄的无为养生服食之道，一方面以求不为世所用，另一方面也是远离纷争的一种姿态。

值得指出的是，如果嵇康能够将这种生活一直延续下去，那么就不会有后来身殒东市，《广陵散》失传的故事了。问题在于，嵇康的性格决定了他不能一直将自己的政治观点掩藏下去，他的性格最终导致了他精心营构的“无为”生活幻象的破灭，显露出其本人真正的心灵侧面。在政治倾向上，嵇康同情曹魏家族，对以司马家族为代表的“群”则持一种不合作的“软抵抗”态度。

竹林七贤中的老大哥山涛在司马家族效力，一次因为官职升迁，原职空缺，当此之时，他向朝廷推荐嵇康代己之职。不难看出，山涛的举动背后有司马家族收买嵇康的意图。嵇康当然也看出了这一点，于是他写了一封表面不给山涛面子，实则拒绝司马家族“招安”的《与山巨源绝交书》，信中嵇康狂言自己“越名教而任自然”、“非汤武而薄周孔”，有“七不堪”、“二不可”，总体意思是：我适应不了你们。为了达到恶心人的效果，嵇康甚至将自己“每常小便而忍不起，令胞中略转乃起”的事情都抖了出来，目的只有一个：你们也离我远点。就这样，嵇康拒绝了山涛的盛情并与之绝交。

不合群的举动最终将嵇康推至了危险的边缘，被嵇康冷落的钟会向司马昭告密嵇康有意谋反，暗助曹魏家族在扬州的大将毌丘俭起兵作乱。这一言论是致命的，如果说以前的司马昭对嵇康还存有爱才之心的话，那么在经过钟会的警告之后，他的心已经变冷了，问题在于，人才难得，但政权的稳固更重要，司马昭一纸文书将嵇康送上了断头台。

据《太平广记》记载，嵇康的《广陵散》学自于一位无头古代乐人的鬼魂，那乐人因不忍自己的绝世名曲失传，在一个月黑风高的夜晚与嵇康相遇，手捧己头传嵇康以《广陵散》，令人感叹的是，他对音乐的执着竟然超越了死亡。同样，嵇康在生命即将终止之时，首先想到的也不是自己的生命，而是自己心爱的《广陵散》，谁又能说那则无头乐人的传曲故事不是嵇康自己的一个生命预言呢？名士的人生是令人向往的，那“手挥五弦，目送归鸿”的风神将随《广陵散》绝而成为一个永久的传奇。

瞧！那个人

—— 阮籍居丧

阮籍当葬母，蒸一肥豚，饮酒二斗，然后临诀，直言“穷矣”，都得一号，因吐血，废顿良久。（《世说新语·任诞》）

曹魏甘露三年（258），阮籍的母亲与世长辞，他的生命中从此失去了母亲温暖、关注的目光，太阳在他四十八岁那一年骤然昏暗。然而，在母亲下葬的那一天，阮籍没有哭，而是命下人蒸了一只肥嫩的乳猪，自己坐在桌边，面对母亲的灵位，一边吃菜，一边拼命地喝起酒来。一杯又一杯，阮籍放肆地喝着，因为只有在酒带给他的幻觉里，母亲的音容笑貌才能依稀呈现，自己才不会成为断线的风筝。胡须上的酒沥沥而下，衣服上满是酒痕，在狂饮了两斗以后，阮籍的神情较往日更显颓废。

酒中的世界最后被墓坑边随风狂舞的黄沙粉碎，到了最终与母亲诀别的时刻，目视着缓缓落入墓坑的白色灵柩，阮籍扑通一声呆坐在地，内心压抑的哀痛忽然化为一声狼一样的哀号：“穷矣！”他对母亲再也没有说出更多的话，然而一声语罢，阮籍突然仰面向天，一股鲜血从口中喷涌而出，有如急箭。人们看到，血从空中慢慢下落，阮籍所跪之地的前方一片殷红。就在鲜血落地之时，阮籍也随之重重倒在地上，他彻底昏厥了过去。

这已经是丧母后阮籍第二次吐血，在昏厥中，他隐约想起了母亲去世的时刻，《晋书·阮籍传》载：

> **（阮籍）性至孝，母终，正与人围棋，对者求止，籍留与决赌。既而饮酒二斗，举声一号，吐血数升。**

阮籍平日侍母至孝，然而母亲去世时，阮籍并不在母亲近侧，生性好弈的他，当时正在与朋友对弈。决胜的关键时刻，突然传来其母去世的噩耗，换作旁人，听到这样的消息，必定感觉五雷轰顶，早已弃子抽身急去。但阮籍没有动，他眼睛死死盯着棋局，任凭朋友如何催促，就是不动分毫，并且还劝朋友完成此局。朋友一脸茫然，在冷汗涔涔中完成了棋局。弈棋已毕，阮籍将棋子掷于棋盘之上，转身径奔地上罗列的酒坛，揭开坛盖，举酒狂饮，酒水咚咚而下，有似流泉，两斗过后，阮籍一声哀号，随之一口鲜血喷出。

经过丧前和丧后两次吐血，阮籍形销骨立，几乎丧掉性命。同时，阮籍母亲去世的消息被周围的亲朋好友得知，不断有人到阮籍这里来吊孝慰问，同时也来看看这位老友：

> **裴楷往吊之，籍散发箕踞，醉而直视，楷吊喭毕便去。或问楷：“凡吊者，主哭，客乃为礼。籍既不哭，君何为哭？”楷曰：“阮籍既方外之士，故不崇礼典。我俗中之士，故以轨仪自居。”**（《晋书·阮籍传》）

名士裴楷来了，但当他走进灵堂，只见阮籍身旁放着酒坛，披散着头发，两腿张开两膝微曲，颓然坐在那里，醉眼蒙眬，两眼直勾勾地看着裴楷，口中不发一言。裴楷看到阮籍做青眼状，心知他对自己前来吊丧并未反感，于是，他趋步向前，面朝阮籍母亲灵位而拜，尽哭而去。后来有人问裴楷："凡是悼死问丧之礼，主人哭，客人才能尽礼。阮籍既然没哭，您又何必哀哭呢？"裴楷答道："阮籍既然是方外人士，所以也就不崇奉什么礼典条文。而我则是世俗中人，所以也就遵循了丧礼的日常礼制。"

"方外之士"的评价不仅是裴楷一人的评价，而且也是当时人们对于阮籍的普遍认识。在丧礼这一件事情上，他的"方外"本色就体现得异常明显。其实，若按古代丧礼的礼制，阮籍在母亲去世时的种种表现都是异常怪诞的：

其一，居丧之人在父母丧期不能饮酒食肉，三日后方能食粥，但阮籍却蒸肥豚饮美酒；

其二，居丧之人在父母灵柩前应当哀哭尽礼，但阮籍不曾哭泣一声，仅哀号一声而已；

其三，古人居丧要求"毁不灭性"，即虽哀痛憔悴却不危及性命，但阮籍却呕血数升；

其四，母为至亲，当其丧亡，子应闻讯速归，但阮籍却对弈如故；

其五，客悼母丧，子当尽礼，而阮籍则散发箕踞，不答一言，更不与哭。

从如上的事实看来，阮籍根本没有把传统的礼教放在眼里。在他看来，传统丧礼的种种繁文缛节阻碍了人内心真实情感的表达。"礼"有一大套复杂、烦琐的规定，它是一套外在于人的、强制于人的符号化进程：你正痛不欲生，想放声一哭，不行，还没到哭的时候；你正悲情稍歇，不行，现在该大哭了；你正黯然神伤，不行，该向吊客行礼了。折腾来折腾去，你那自然涌出的真情却消失无形，剩下的只有一身疲惫，一腔无法正常表达的感情。"礼"力图将人的情感表达纳入秩序化的表达，不料无形中却让"礼"成为矫情的渊薮。阮籍一直放言："礼岂为我辈设哉！"旗帜鲜明地表示对礼教中违反人情、悖逆自然的种种仪文的强烈反对。相对于那不近人情的"礼"，他更愿意直接表达自己内心的"情"。母亲去世了，对阮籍是一场山崩地裂式的灾难。他情感郁结于心，不愿意用传统的丧礼去表现自己的内心，那是一种枷锁，那是一种无形的牢狱，他对母亲的真情岂是区区俗礼所能表达的！所以他用一声长号，一口殷红的血祭奠了自己的母亲。

然而，并非谁都理解阮籍。如果说裴楷还能读懂阮籍的内心，那么有些所谓礼法之士对阮籍的行为则评头品足，大张挞伐：

> **阮籍遭母丧，在晋文王坐进酒肉。司隶何曾亦在坐，曰："明公方以孝治天下，而阮籍以重丧显于公坐饮酒食肉，宜流之海外，以正风教。"文王曰："嗣宗毁顿如此，君不能共忧之，何谓？且有疾而饮酒食肉，固丧礼也。"籍饮啖不辍，神色自若。**（《世说新语·任诞》）

阮籍在居丧期间，不仅在家里饮酒食肉，即便在帝王的宴会上，也毫不顾虑礼法的约束，公然放肆豪饮。在司马昭的一次宴会上，司隶何曾坐不住了，他神色愤怒，起身对司马昭道："明公您正以孝道治理天下，可是阮籍却公然在重丧期间饮酒食肉，应当将其发配远方，以正风俗教化。"司马昭当然知道阮籍的"非礼"行为，但他婉转地为阮籍辩护道："嗣宗因丧事身体已经受损到如此模样，你不能和我一起为他忧虑，反而诋毁他，你这是为什么呢？况且生病可以饮酒吃肉，这也是丧礼的规定啊！"这分明是司马昭与何曾一唱一和，收买人心，阮籍焉能不知。但他只顾低头饮酒，举箸连连，他已经懒得去理会这些"俗人"了！

情之所钟，正在我辈

——王戎丧子

魏晋士人对生命充满了真情，在玄学空谈、超然物外的外表下，实则隐藏着一颗异常敏感的心。那时候，人仿佛第一次发现了自己，认识到人之为人的可贵，人的生命是那样短暂，仿佛是永恒宇宙中划过的一颗流星。所以，在面对生命、面对死亡的时刻，他们表现得极为深情：

> **王戎丧儿万子，山简往省之，王悲不自胜。简曰："孩抱中物，何至于此？"王曰："圣人忘情，最下不及情。情之所钟，正在我辈。"简服其言，更为之恸。**（《世说新语·伤逝》）

王戎的儿子万子（王绥）死了，山简前去探望，王戎悲哀得不能自制。山简说："怀抱中的幼儿，何至于悲伤到这种地步？"王戎说："圣人修炼到极高境界，对世俗情感超然处之，淡然若忘；最下等的人整天为填饱肚子忙碌，愚蠢麻木，谈不上什么情感。最容易动情，对情感最专注，会被感情纠缠的人，恰恰是我们这类人。"山简服膺他的话，转而为他悲痛。

王戎的儿子万子死时年仅十九岁，据传其人“有大成之风”，本来有着非常远大的前途，但可惜“苗而不秀”，少年早夭，山简说万子为“孩抱中物”，多少有些夸张，实际上是在安慰悲痛欲绝的王戎。王戎是魏晋时代的名士，但在自己的儿子死去的那一刻，他再也不能保持名士风范，鼻涕一把泪一把，与普通人没有什么区别。看到这一切，山简一方面为王戎的身体忧虑，另一方面也认为王戎的举止与其名士身份相去太远了。魏晋人是非常讲究名士风度的，即便是丧子，也要表现出豁达自宽之意。同样是丧子，三国时代顾雍的表现就与王戎完全不同：

> **豫章太守顾劭，是雍之子。劭在郡卒，雍盛集僚属自围棋。外启信至，而无儿书，虽神气不变，而心了其故。以爪掐掌，血流沾褥。宾客既散，方叹曰：“已无延陵之高，岂可有丧明之责？”于是豁情散哀，颜色自若。**（《世说新语·雅量》）

豫章太守顾劭是东吴丞相顾雍的儿子，顾劭后来在郡守的任上去世。顾劭去世的那天，顾雍正在兴致勃勃地和同僚官属们下棋，手下杂役禀告信使到来，但其中却没有儿子的书信。顾雍虽然神态不变，但心里已经明白是怎么回事，就用手指甲用力地掐着手掌，鲜血流出来染红了坐垫。直到宾客散去以后，他才叹息道：“我即使没有如同春秋时代延陵季子在丧子时那样旷达的修养，又怎么可以像子夏丧子失明而招致不孝的指责呢？”想到这里，顾雍开朗起来，驱散哀痛，面容安然自若。

顾雍用孝作为盾牌，来抵挡丧子之痛的侵袭，因其行为旷达，所以受到魏晋名士的称赞，将之列为《雅量》一门的第一位。用王戎的话来讲，顾雍大致可以归类到圣人忘情的行列中吧！但从顾雍的表现来看，他内心并没有释然，而是承受着巨大的哀痛，因此很难说已经到了忘情的地步。真正做到忘情的人，古往今来可能只有庄子一人，恐怕也只有庄子在妻子去世的时候还能鼓盆而歌，然而庄子同时也说："是其始死也，吾独何能无慨然。"意思是说在妻子刚去世的时候，自己也曾感到悲哀。但后来庄子看透了人的一生，认为它与四季的循环没有差别，生是一抔尘土，死也是一抔尘土，回归宇宙是人生的宿命。在看透了这一切后，庄子结束了他短暂的悲哀，鼓盆而歌，为自己的妻子重返太虚而感到庆幸。古往今来，真正彻底忘情之人唯有庄子，故我认为，王戎所说的圣人很可能就是庄子。

魏晋士人修习老庄之学，不可能不知道庄子鼓盆而歌的故事，他们把面对死亡时的淡然之态视为名士风度的重要组成部分。事实上，他们也是按照庄子忘情的要求去做的。阮籍在母亲去世时没有哭，王戎在母亲去世时也没有哭，他们宁可形销骨立、鸡骨支床，也绝不放声一哭。结果，他们留下了"死孝"的名声，违背了儒家"毁不灭性"的训诫。这一方面固然有向当时虚伪的礼教挑战的意思，但同时也是为了保持名士的风度。他们不是忘情，而是痛恨葬礼上的繁文缛节与不合时宜的假哭，为了不假哭，为了留住对亲人的那份真诚，他们宁可不哭。在"情"与"礼"之间，他们放弃了虚伪的"礼"，选择了留住内心真正的"情"。在冷漠的外表下，内心实则涌动着炽热的真情。

换句话说，魏晋士人是向往真情的。魏晋是人性情感觉醒的时代，王戎丧子表现出来的悲痛正是对深情的最好诠释。山简以为，王戎的过度悲泣有悖于名士对生死超然的心态，但他还应该知道，深情也是名士概念中的应有之义。面对山简的诘责，王戎坦然地道出了名士身份的真相：他们不是不食人间烟火的仙人，也不是那些劳碌奔波而不明情为何物的普通人，而是居于这两者之间。圣人超越了情感，所以没有痛苦；普通人无暇顾及情感，所以也没有痛苦，而名士则处在由普通人通向圣人的路上。在日常的清谈中，他们的身份接近圣人，似乎看透了生死，体味了宇宙的玄机；但若遇到人世间的生死之事，他们就会处于矛盾的选择中，究竟是选择看淡生死以维护名士风度，还是任感情放肆奔流恢复常人本色，这是一个难以回答的问题。

对此，山简认为应该选择前者，而王戎则毫不迟疑地选择了后者。然而，在王戎的深情面前，山简最终为自己的矫情感到了惭愧，当他转变心意，为王戎的儿子深情一哭的那一刻，名士的真正含义才在他的心中清晰起来。所谓名士者无他，除去玄心、洞鉴和妙赏等文人雅趣之外，除去洞察生死的哲思之后，还应为“深情”留下一席显赫的位置。

葬礼上的驴鸣

—— 曹丕的深情

《世说新语》记载了一次奇异的葬礼：

王仲宣好驴鸣。既葬，文帝临其丧，顾语同游曰："王好驴鸣，可各作一声以送之。"赴客皆一作驴鸣。（《世说新语·伤逝》）

文中的王仲宣便是赫赫有名的"建安七子"之一的王粲，此人生前喜欢驴的叫声。当其亡故，太子曹丕（后来的魏文帝）亲临他的葬礼，他回头对同行的人说："王粲喜欢驴叫，我们可以每个人学一声来给他送行。"于是，赴丧的客人全都学了一声驴叫。可以想见，因为每个人的音高不同，音色各异，丧礼上的驴鸣一定是"百家争鸣"。一时间，人们引颈长嘶，"啊嗷啊嗷"的声音此起彼伏，高一声低一声，起承转合，抑扬顿挫，乱哄哄地你方唱罢我登场，场面滑稽至极！然而，没有人笑。王粲死于麻风病，死时全身溃烂，惨象已经让人目不忍睹，念及于此，又有谁能笑得出来呢？更何况，那是他们最贴心的朋友。

当王粲风华正茂的时候，死神已经向这位相貌丑陋的才子发出邀请了。东汉神医张仲景见到了当时官封侍中的王粲，面对眼前二十岁左右的青年，出于职业的习惯，张仲景略略端详了一下他的气色，但细观之下，不禁大惊失色，拱手对王粲道："您身体有病，若不治，四十岁时眉毛会脱落，眉毛脱落半年后就会命丧黄泉。"王粲当即神色稍稍一变，面容有些许不悦，但张仲景继续道："如果您服用我刚刚发明的五石汤，或许能逃过一劫。"王粲不好意思驳神医的面子，虽然觉得他言过其实，但还是假意逢迎了一番，言道一定按方开药，治病救人，请神医放心。于是，张仲景放心地走了，其间也曾做过回访，追问王粲服药效果如何，但见后却发现王粲一直没有服药，神医也只能带着叹息离开。其后二十年，王粲果然眉毛脱落，眉毛脱落后经一百八十七日而亡，死在与曹操征吴的路上。

王粲的体质一直不好，《三国志·魏书·王粲传》上说他"貌寝而体弱通脱"。"貌寝"就是貌丑，"体弱"就是身体不行，这两处弱点对其一生影响很大。王粲出身名门，他的曾祖是汉代三公，父亲位居长史。王粲早岁即为蔡邕赏识因而名动天下。汉末天下大乱，王粲投奔祖父王谦的学生刘表，栖身荆州避难。在荆州时期，刘表因王粲貌丑体弱，打消了招其为婿的念头。联姻之事不成，对王粲的打击很大，更兼在政治上不受刘表重用，也令他感慨仕途多艰。

荆州的十余年经历，是王粲人生的没落期，每到夜晚，他就能想起故乡山东的驴叫声。驴鸣声声，唤起心中无限事，他觉得自己就是一头生不逢时、时乖命舛的蹇驴：自己仕途蹇碍，有似驴子跋涉的崎岖千里之路；驴子荷囊致飧，有似自己寄人篱下劳碌奔波。他在想，驴子每天的鸣叫，是不是在抒发内心的愤懑。驴子尚且还有发泄的渠道，而我王粲自己呢？因为无以解忧，他登上了荆州的麦城楼。他在《登楼赋》中写道：

登兹楼以四望兮，聊暇日以销忧……华实蔽野，黍稷盈畴。虽信美而非吾土兮，曾何足以少留……冀王道之一平兮，假高衢而骋力。惧匏瓜之徒悬兮，畏井渫之莫食。

王粲登楼四望，但见荆州沃野千里，阡陌纵横，黍稷飘香。但他知道，这里虽异常美好，却不是他的久居之地，不值得片刻逗留。他希望王道大行天下一统，自己有施展才华的一日；他惧怕自己像葫芦瓢一样徒然挂在那里（不被任用），害怕自己像清澈的井水虽甘甜却无人饮用。但刘表是那种能给予贤才施展抱负机会的人吗？想到这里，他又想起了故乡夜半长嘶的驴子，他抬头望望天，胸中一股不平之气吞吐而出，啊嗷啊嗷……一声声驴鸣从麦城楼上传向远方。

曹操后来征伐荆州，扫平刘琮，携王粲回归河南，王粲终于迎来了他生命中的春天。王粲是幸运的，在曹操的身边，聚拥着一批文人雅士，他们与曹操和他的儿子们君臣相得，每日唱和，相互欣赏，形成了当时著名的"邺下文人集团"。随着王粲的加入，"建安七子"七星归位，终成正果，放射出璀璨的光辉。曹操非但武功卓著，同时雅善文才，其子曹丕、曹植皆为一时之选，他们与"建安七子"之间保持着文学上的交流。长时间的交往之下，曹氏父子渐渐认识到王粲是"七子之冠冕"，文才炳耀，举世无匹，对其颇为雅重。交往之下，众人又渐渐得知王粲有驴鸣的癖好，这让曹操父子对之又高看一眼。"魏武（曹操）好法术而天下贵刑名，魏文（曹丕）慕通达而天下贱守节。"曹操父子对于儒家传统的礼教都有一种本能的排斥，相反，他们对于一些具有名士风度的言行倒颇为赞许。在他们看来，王粲的驴鸣很"出格"，从心所欲，虽有悖常理，然名士自风流，无往而不可为，驴鸣正是一种时代的先锋姿态，驴鸣饱含一种卓尔不群、特立独行的名士风范。情之所钟，正在我辈，情到深处，管他乌鹊聒噪，管他驴鸣狗吠，抒情即可，开心就好，于是，“啊嗷啊嗷”声中，万物皆备于我，有何欠缺哉？王粲真名士也！

王粲赢得了曹氏父子的欣赏，也生活得极为悠游闲适。然而，好景不长，张仲景当初的预言，逐渐变成了残酷的现实，王粲的病情在潜伏了二十年后，突然发作，年将四十的他在眉毛脱落半年后猝然而亡。这对他的朋友而言，是难以接受的事实，问题的关键在于，在王粲前后，“建安七子”俱亡，曹丕曾满怀沉痛，在《与吴质书》中回忆了这一经过：

> **昔年疾疫，亲故多离其灾，徐、陈、应、刘，一时俱逝，痛可言邪？昔日游处，行则连舆，止则接席，何曾须臾相失？每至觞酌流行，丝竹并奏，酒酣耳热，仰而赋诗，当此之时，忽然不自知乐也。谓百年己分，可长共相保，何图数年之间，零落略尽，言之伤心！**

217年是一个黑暗的年份，“建安七子”中的徐幹、陈琳、应玚、刘桢因瘟疫的流行尽皆离世，王粲亦在其列，至此“建安七子”巨星陨落，邺下风流不再。曹丕曾深情地回忆起当年与七子共处的情形：他们出游时并车而行，觥筹交错时席与席相接，何尝有须臾的离分？当酒杯斟满时，当丝竹响起时，当仰头赋诗时，都会让人忆起那群终日流连在一起的朋友。他们本来打算相约百年，长相为伴，但哪里想到一年之内五人俱亡，思之令人神伤。一切都消失了，曹操的宫阙寂寞，曹丕、曹植在深夜里彷徨，七子远去，斯人长已矣！随之而去的，还有王粲那一段蹇驴般的嘶鸣。

王粲的葬礼上，曹丕来了，他带着一群王粲昔日的好友来送他最后一程，自此而后，世间再无王仲宣。他们都在想，不知天堂可有驴鸣，能满足这位好友生前的独特癖好？空中灵幡飘扬，灵位前烟气缭绕，长长的诔文已经读毕，痛悼的泪水也已挥干，然而这些都还不够，这些都还不足以表达他们之间的深情，在他们的深情面前，这些繁文缛节都显得有些多余。既然如此，就让我们来几声王粲生前最喜欢的驴鸣吧！曹丕和一群同来的友人，抬起头，遥望着太阳西行的路线，目送一轮红日沉沉归入地下，眼含泪水，引颈顿挫，长鸣不已……

幽冥中负此人

——王导的歉疚

王大将军起事，丞相兄弟诣阙谢。周侯深忧诸王，始入，甚有忧色。丞相呼周侯曰："百口委卿。"周直过不应。既入，苦相存救。既释，周大说，饮酒。及出，诸王故在门。周曰："今年杀诸贼奴，当取金印如斗大系肘后。"大将军至石头，问丞相曰："周侯可为三公不？"丞相不答。又问："可为尚书令不？"又不应。因云："如此，唯当杀之耳！"复默然。逮周侯被害，丞相后知周侯救己，叹曰："我不杀周侯，周侯由我而死。幽冥中负此人！"（《世说新语·尤悔》）

这里讲的是一个与悔恨有关的故事。

晋元帝永昌元年（322），晋元帝为摆脱琅邪王氏家族一家独大的局面，开始逐渐疏远王敦、王导等人，任命戴渊、刘隗等人任军事统帅，削弱王敦军权，以防天下有变。但晋元帝的举动惹恼了大将军王敦，他以"清君侧"、诛刘隗为名，起兵谋反，兵锋直指建康。城门失火，殃及池鱼，造反是大逆不道之罪，身在京城的王导一时惶惶不可终日。问题还在于，王敦想要诛杀的刘隗此刻劝谏晋元帝将王氏宗族夷灭。王导一时无计可施，遂带领王氏家族兄弟二十余人，每日拜伏于晋元帝的宫门之外请罪。

王导可能不知道，此刻还有一个人为王氏家族忧心忡忡，正在为王导脱罪匆忙奔走，此人便是王导的挚友周顗。周顗是东晋名士，心存社稷，与王导是莫逆之交：

> **王丞相枕周伯仁膝，指其腹曰："卿此中何所有？"答曰："此中空洞无物，然容卿辈数百人。"**（《世说新语·排调》）

这是王导、周顗两人的一次日常谈话，谈话的内容可能并不重要，重要的是，王导居然枕在周顗的腿上对谈，由此可以看出，两人的友情是异常深厚的。作为王导的挚友，周顗对王氏家族即将到来的灭门之祸岂能坐视不理，他每日穿梭于晋元帝的宫室，为王导开脱罪责。王导每日跪在宫门之外，自然看到了来往于皇宫内外的周顗，见到周顗，王导仿佛抓到一根救命稻草，他头发散乱、面容憔悴地对一脸忧愁的周顗大声呼喊道："我王家一百多号人，全都托付给兄台您了！"奇怪的是，周顗径直走过去而没有回答。周顗进入宫内后，见到晋元帝，极言王导忠诚，他愿意以项上人头作为担保，言辞恳切，解救王导不遗余力。周顗向晋元帝深情地回忆起他与王导的一次谈话：

> **过江诸人，每至美日，辄相邀新亭，藉卉饮宴。周侯中坐而叹曰："风景不殊，正自有山河之异。"皆相视流泪。唯王丞相愀然变色曰："当共勠力王室，克复神州，何至作楚囚相对。"**（《世说新语·言语》）

这就是有名的“新亭对泣”。西晋亡国之后，过江南渡诸人每逢风和日丽的日子，就相邀来到新亭，坐在草地上饮宴。周顗当时亦在座，望着江南美景，他不禁悲从中来，叹息道：“风景没有什么不同，只是有山河变异之感。”在座诸人皆相视落泪。只有丞相王导把脸一沉，厉声说道：“我们应当同心协力报效朝廷，收复中原失地，怎能像囚徒一样相顾垂泪、一筹莫展呢？”面对西晋的灭亡，周顗作儿女之状，涕泪沾襟，思念过去，饱含亡国之痛，王导则豪气干云，继往开来，对周顗亡国奴式的表现做了严厉批评。新亭宴饮上，王导、周顗二人虽然表现迥异，但殊途同归，即都对晋王朝的江山社稷抱有无限忠诚。

周顗的表述是深情的，晋元帝又何尝是铁石心肠，他慢慢地被感化，最终答应宽恕王导。君臣达成一致意见，畅谈良久，待到暮色降临，二人举酒对酌，完全忽略了此刻的东晋正处于风雨飘摇之中。与晋元帝饮酒完毕，周顗信步走出宫门，醉眼蒙眬中看见王导等人还跪在那里，王导再次对他发出呼唤，周顗仍旧没有答话，但是他环顾了一下王氏子弟，自言自语道：“今年杀了你们这帮小子全家表忠心，皇上一高兴说不定就让我升官了，弄个金子做的大印，有西瓜那么大个儿，我手里拿不动我就挎在胳膊上，一想真是美死了！”他言语得意，王导暗中牙齿却咬得咯咯直响，心里恨不得将其食肉寝皮。但王导不知道，在周顗第一次见晋元帝以后，又多次觐见，继续言辞恳切不厌其烦地为王导说情。但不知为什么，周顗就是“做好事不留名”，不肯让王导知道自己所做的一切，而王导内心已经恨死了他。

时局沿着不利于晋元帝的趋势发展下来，王敦的军队势如破竹，一鼓作气攻入首都建康，王氏家族又重新得势。入城后，王敦问王导：“周顗可以做三公吗？”王导没吱声。王敦又问：“可以做尚书令吗？”王导依旧不答。王敦说：“如果是这样，看来只能杀掉了！”王导还是不说话。不久，周顗果然被王敦收押杀害。在周顗的生死面前，王导表现出了可怕的冷漠，在他看来，这也算公平！既然周顗无视自己发自肺腑的呼喊，自己以冷漠面对他的生死也就无可厚非。但是，事情的真相总有揭示的一天。王导重新掌权之后，浏览以前的宫中奏折，看到了周顗营救自己的折子，其中言辞恳切，殷勤备至。王导拿着这封奏折，痛哭流涕，悲不自胜。回来之后他对儿子们说："吾虽不杀周侯，周侯由我而死。幽冥之中，负此良友！"

王导的悔恨是真诚的，然而他弄不明白，周顗为什么不把这一切告诉自己呢？而且，他居然像恶作剧一样，拿自己的族人戏弄，笑说以他们的性命买官，这究竟是为什么？王导的疑问在史书和《世说新语》里都没有答案。但世间确有高人，有人就猜破了其中谜底，宋代施德操在《北窗炙輠录》卷上中评价：

> **禹锡问余曰："周伯仁救王导，始阳言曰：'今年杀诸贼奴，取金印如斗大，系肘后。'逮事已解，固当同车入见。虽告之以相救之意，庸何伤？卒不告，后竟遇害，伯仁亦失计。"余曰："不然。此所以见古人用心处也。元帝与王导岂他君臣比，同甘共苦，相与奋起于艰难颠沛之中，今以王敦遂相猜忌如此，君子所以深惜也。故伯仁之救导，欲其尽出于元帝，不出于己，所以全君臣终始之义。伯仁之贤，正在于此。"**

依施德操的看法，周顗救王导之所以不让其知道，主要是为了成全晋元帝和王导之间的君臣大义。众所周知，东晋政权的建立和稳定，王导厥功至伟，但后来因王敦一事而导致其与皇室失和。作为朋友，周顗一方面想救王导，另一方面也想修复王导和晋元帝之间已经破裂的君臣关系。周顗的确救了王导，但他想让王导认为这完全是晋元帝的个人意志，而不想让他知道自己为他所做的一切。因为王导一旦知道，晋元帝对王导的恩情就被冲淡，君臣的关系虽然也能得到一些修复，但绝对不是彻底修复。所以，他才表演了那场让王导切齿痛恨的假戏，他要让王导意识到自己对他是绝情的，出手营救他的绝不可能是自己，赦免宽恕他的是那位仁慈的晋元帝。周顗成功了，王导与晋朝王室的关系的确得到了完美的修复，以至于后来王敦意欲谋朝篡位之时，王导毅然站在了皇室一边，因为他知道，周顗用鲜血和生命换来的东西，值得自己去珍视。他内心深深地感到"幽冥中负此人"，即便到了黄泉，周顗的债也没有办法偿还了！

二

逍遥滋味

《世说新语·任诞》王子猷雪夜访戴故事（清咸丰萧山王氏养和堂刊本《於越先贤像传赞》·任熊绘）

一个人的雪夜

——王子猷的诗性之旅

王子猷居山阴。夜大雪，眠觉，开室，命酌酒，四望皎然，因起彷徨，咏左思《招隐诗》。忽忆戴安道，时戴在剡，即便夜乘小船就之。经宿方至，造门不前而返。人问其故，王曰："吾本乘兴而行，兴尽而返，何必见戴！"（《世说新语·任诞》）

读过《世说新语》的人，谁不知道那个潇洒随性的雪夜呢？

那夜，在南国温润绵软、飘飘洒洒的雪花里，一个灵魂剔透、不染半点尘埃的人，驾着一叶扁舟行进在山阴水路上，独自将中国文人的灵魂带到了诗意的彼岸，成就了一段流传千古的"逍遥游"。

那夜，一个名叫王子猷的人正在一片苍茫中酣睡，山阴如画，万里山河翩然入梦，窗外一场雪下得正浓。

或许是雪夜清新气息的提振，或许是窗外皑皑白雪的掩映，或许是一场好梦已近尾声，王子猷奇妙地醒来了。他推开室门，只见天地一片皎洁，茫茫空阔无边，万物宁静、澄澈而空灵，"疏瀹五藏，澡雪精神"，美得令人心醉。情以物迁，辞以情发，王子猷的雅兴被雪夜唤醒，他当下命酒，一面彷徨逍遥，一面曼声吟咏着西晋诗人左思的名篇《招隐诗》：

杖策招隐士，荒涂横古今。岩穴无结构，丘中有鸣琴。白雪停阴岗，丹葩曜阳林。石泉漱琼瑶，纤鳞或浮沉。非必丝与竹，山水有清音。何事待啸歌，灌木自悲吟。秋菊兼糇粮，幽兰间重襟。踌躇足力烦，聊欲投吾簪。

《招隐诗》叙述的是一位主人公本欲招隐士回到人间，但反为隐士的隐居情趣感召的过程。隐居的情趣、魅力在于山水的清幽绝美，其色其声，非凡俗景致所能比拟。《招隐诗》中有“白雪停阴岗”一句，王子猷自然是由眼前景色和自身的境遇联想到左思这首诗的。其时，王子猷弃官东归，住在当时的山阴（今绍兴），山阴一带，风光明秀，王子猷的弟弟王子敬曾说：

从山阴道上行，山川自相映发，使人应接不暇。若秋冬之际，尤难为怀。（《世说新语·言语》）

“天地有大美而不言”，自然对人有一种无声的召唤，王子猷循着这样的召唤来到山阴。隐士居处的自然彰显着天地的灵秀，同时也显现着居处之人的德操，左思诗中横亘古今的岩穴丘壑，王子猷眼中四望皎然的山阴雪夜，无一不是人化的自然。绝美的自然连接的是一个广袤的精神世界，隐士的风神就暗藏在山水的背后。

在《世说新语》的文学记忆中，雪夜在王子猷那里产生了一种奇妙的连锁反应：“兴”因雪夜而发，“兴”发而饮酒，饮酒而吟《招隐诗》，吟诗而思隐士。隐士者何人？剡溪戴安道也。于是，沉浸在诗意中的王子猷欣然乘舟取水路向戴安道居住的剡溪出发了。

现在我们可以稍稍推测一下王子猷的路线。戴安道所居之剡溪在曹娥江的上游，而山阴在曹娥江的下游，从山阴至剡溪是典型的“逆流而上”路线，水路行程有一百余里，但王子猷“经宿”而至，仅仅用了一夜的时间。如此神速，王子猷只能摇橹鉴湖，沿着与鉴湖水相通的曹娥江，溯流至剡方才可能。最迟至唐代，越山植被尚好，鉴湖尚未淤积，水与曹娥江连接，舟能由鉴湖沿曹娥江而上，直至剡溪。故此，李白在《梦游天姥吟留别》中说：“我欲因之梦吴越，一夜飞度镜湖月。湖月照我影，送我至剡溪。”诗中的“镜湖”就是“鉴湖”，在李白的描写里，能从鉴湖月夜乘舟至剡溪，王子猷也应该是以这样的路线去寻访戴安道的。

可以想象，山阴水路上，鉴湖如镜，剡溪九曲，灯雪孤船，轻雾薄纱，夜色温柔，林木萧萧，梅花始绽，两岸水木交映，疏影横斜，暗香浮动，欸乃声声，波纹粼粼，舟行波上，人在画中，瑞雪凝姿，远山明灭，一派高情远致。经过一夜的行船，黎明时分的王子猷终于看见了戴安道江边的寓所。此刻夜色尽去，晨光熹微，雪夜褪尽了芬芳，一切恢复了日常的模样。下船后，王子猷来到了戴安道的宅门前，但叩门的声音终究没有响起，他稍作踌躇之后，接着便果断撤回，转身返回远处停泊的小舟，满脸映着曙色，神色愉快……

后来有人追问王子猷不见戴安道的原因，他答道：“吾本乘兴而行，兴尽而返，何必见戴！”在王子猷那里，见戴安道根本不是此行的目的，他的兴趣在于对生活诗性过程的享受，这个过程本身没有任何功利目的，戴安道充其量只是整个诗性过程的一个点缀元素，而非终极目标。王子猷的诗兴以山阴雪夜为起始点，以戴安道剡溪寓所为终点，一始一终，乘兴而来，兴尽而返，不滞于物，率性而为，诗性淋漓，构成了一个完满的诗性圆周。

宗白华先生在《论〈世说新语〉与晋人的美》一文中赞叹说："这截然地寄兴趣于生活过程的本身价值而不拘泥于目的，显示了晋人唯美生活的典型。"雪夜访戴是一个梦幻式的、诗意化的行程，它与日常的社交活动根本不是一回事。我们可以设想，如果王子猷真的见到了戴安道，那会是一种什么样的情形呢？他必须解释他的本属于个人情绪的"兴"，并且试图获得朋友对此奇特行为的理解，如此，一切将变得日常化，诗性的氛围会因为语言的介入而磨损殆尽。中国古人讲"言不尽意"，语言太容易将诗性的、多义的、朦胧的、审美的事物一语道尽，王子猷精心营建的审美之境岂能因日常言谈的介入而蒙受玷污。因而，他转棹而返，成全了自己的一个梦境，也留给后来的文人一段不朽的传奇。

酒神之歌

——刘伶的醉里乾坤

魏晋士人熟读“三玄”（《老子》、《庄子》、《周易》），极慕老庄逍遥之境，对庄周梦蝶、物我齐一的艺术化生存不胜向往，对“独与天地精神往来”的天地品格深为咨嗟。在这样的情形下，作为逍遥媒介的酒，堂而皇之地登场了：

刘伶病酒，渴甚，从妇求酒。妇捐酒毁器，涕泣谏曰：“君饮太过，非摄生之道，必宜断之！”伶曰：“甚善。我不能自禁，唯当祝鬼神自誓断之耳！便可具酒肉。”妇曰：“敬闻命。”供酒肉于神前，请伶祝誓。伶跪而祝曰：“天生刘伶，以酒为名，一饮一斛，五斗解酲。妇人之言，慎不可听！”便引酒进肉，隗然已醉矣。（《世说新语·任诞》）

刘伶是著名的竹林七贤之一，据《晋书》记载，刘伶“身长六尺，容貌甚陋”，六尺相当于今天的一点四五米，可见此人是一个典型的“侏儒”型名士。此君深通老庄，“常以细宇宙齐万物为心”，故此沉迷酒国，但求“三杯通大道，一斗合自然”。一次，刘伶酒瘾发作，口中渴甚，向妻子要酒。但不想妻子泼掉美酒，砸毁酒器，来了个锅碗瓢盆交响曲，随后转身流泪苦劝刘伶：“夫君你饮酒过度，不是养生之道，你一定要戒酒。”刘伶先是错愕，准备发怒，但考虑了身高，估量了对手，突然间神色和悦，一副改过自新的样子道：“很好。但我的酒瘾时间太长了，恐怕自己戒不了，要是祷告鬼神祈求帮助，没准有戏。但向鬼神祷告也得有酬劳，你赶快去备办酒肉吧！”妻子闻言大喜，说声“遵命”，不多时便将酒肉供奉于神灵之前。刘伶祷告的时刻到了，只见他神情严肃，整顿衣襟，在神灵面前焚香说道：“天生刘伶，以酒为命，一饮一斛，五斗去病，妇人之言，万不能听。”接着，旁若无人地拿起酒肉吃喝起来，转眼间便像一摊烂泥醉倒在地上了……

刘伶的确没有听信妇人之言，他照例狂饮美酒，肆无忌惮，极尽酒徒之能事，《名士传》记载：

> **伶字伯伦，沛郲人。肆意放荡，以宇宙为狭。常乘鹿车，携一壶酒，使人荷锸随之，云：“死便掘地以埋。”土木形骸，遨游一世。**

大概也是怕死无葬身之地吧，刘伶每次出去饮酒，一定让一名侍从荷锸跟随，告其一旦醉死便掘地以埋。在他看来，死在哪里不重要，随便找个地方一埋就行，但喝到哪里很重要，酒不尽兴，人生岂不枉然？这的确已经是非常高蹈、非常逍遥的人生态度了，但苏轼认为他逍遥得还不够彻底，作诗讽刺说：

> **常怪刘伶死便埋，岂伊忘死未忘骸。乌鸢夺得与蝼蚁，谁信先生无此怀。**（《濠州七绝·逍遥台》）

苏轼认为，刘伶虽饮酒，仿老庄，慕通达，但在生死一事上终未能彻悟，因为他在痛饮之时还顾忌着死后的形骸，相比庄子死亡态度的达观，刘伶还是差了一层。据《庄子》记载，庄子快要死的时候，弟子们想要厚葬他。庄子说："我用天地做棺椁，用日月做双璧，星辰做珠玑，万物做陪葬，我的葬具还不够吗？还有什么比这更好的？"弟子说："我们怕乌鸦和老鹰吃了您呀！"庄子回答道："露天让乌鸦和老鹰吃，土埋被蚂蚁吃，从乌鸦嘴里抢来给蚂蚁，你们为什么这样偏心呢？"庄子修道已经达到一定的境界了，他可以豁达地看待生死，更不用说死后如何埋葬这件事情了。自己死后的躯体如何处置，一切交由自然，自己不做决断，究竟是乌鸦、老鹰得食，还是地下蝼蚁享用，那是它们的事情，人们何必庸人自扰，像其弟子一样"人为"地选择埋葬呢？这已经妨碍了庄子的"自然"之意，更何况还导致了飞禽和蝼蚁的"分赃不均"呢？庄子从内心鄙视这种有违自然之道的做法。而刘伶，就是那个一心羡慕通达逍遥的刘伶，在直面死亡时就显得不如庄子那么潇洒了，那个扛着铁锹的随从露出了麒麟下的马脚。

然而，苏轼毕竟是后来人，刘伶在世时，批评的声音并没有响起，相反倒一直被时人称誉而享有盛名，他也就一直沉浸在自己营构的酒乡中享受着逍遥的滋味。酒对于刘伶的意义是重大的，没有酒的存在，他的逍遥之境的存在是不可想象的。对刘伶而言，酒是逍遥的引路人，酒是自由的象征，酒之为德亦大矣！

于是，此君专门作了一首《酒德颂》来歌颂酒中之趣。刘伶毫不掩饰地将自己的形象在文中和盘托出，此君把天地开辟作为一天，把万年作为须臾之间，把日月作为门窗，把天地八荒作为庭道，行走没有一定轨迹，居住无一定房屋，以天为幕，以地为席。但见他捧着酒瓮，抱着酒槽，衔着酒杯，喝着浊酒，胡须贲张，伸腿箕踞，以酒曲为枕，以酒糟为席，无思无虑，其乐陶陶。他昏昏然地喝醉，又猛然清醒过来。安静地听，听不到雷霆之声；仔细地看，看不见泰山的形体。两位彪形大汉站立于身旁，视之不异于蜾蠃与螟蛉一类的小虫子。

这是中国式的“酒神精神”，它昭示着情绪的发泄，喻示着抛弃传统束缚，回归原始混沌的生命真实。借助酒的引导，魏晋士人在泯灭了个体而与世界的合一状态中获得了极大的生存快意。但是，这种生命狂欢在背离日常、面向本色而行的过程中，虽然给当事人带来如醉如痴的“高峰体验”，但因其前提条件是抛弃礼法，因此难免被贵介公子、缙绅处士视为放诞：

> **刘伶恒纵酒放达，或脱衣裸形在屋中。人见讥之，伶曰：“我以天地为栋宇，屋室为裈衣，诸君何为入我裈中。”**（《世说新语·任诞》）

刘伶饮酒至狂放处，经常在屋内脱衣裸体，有人来访，得见尊容，为之不齿，刘伶却反而以老庄的自然之说为己解嘲，同时将众人大大嘲笑了一番——一番审视之下，众人竟然都活在了刘伶的裤裆里。“吾之大患，在吾有身”，这是老庄对生命的基本认识，没有肉体，一切礼法的束缚都将损害生命的本真意味，“含哺而熙，鼓腹而游”地向自然回归是老庄最为向往的生活状态。因而，当刘伶脱去衣服时，也脱去了心灵的束缚，这种“行为艺术”带有蝉蜕尘埃外的意思。但是，我们要明白，刘伶裸体并非是矫情邀名，也并非是一时兴之所至，其背后有一种深刻的思想支撑，因而显得不做作，纵然不能为常理所容，但自有其深刻之处。后有人专为惊世猎名，仿效刘伶裸体纵饮，只得其形，不得其意，只惹得人们阵阵嘲笑。

长啸亦何为

——阮籍与隐者

艺术总容易引起人们无边的联想。挪威画家蒙克在1893年曾经创作过一幅名为《呐喊》的油画，在这幅画上，蒙克以极度夸张的笔法，描绘了一个变了形的呐喊的人物形象，把人类极端的孤独和苦闷，以及那种在无垠宇宙面前的恐惧之情，表现得淋漓尽致。每当看到这幅画，我就会想起西晋的阮籍。蒙克和阮籍并非生活在一个时代，但在历史的记载中，阮籍也如同《呐喊》画作的主人公一样，同是一个孤独苦闷、无人可诉款曲的灵魂：

阮籍常率意独驾，不由径路，车迹所穷，辄恸哭而反。（《魏氏春秋》）

阮籍所处的时代，是一个风云诡谲的时代，所有的知识分子都在司马家族与曹魏家族角逐的夹缝中战栗恐惧，人人唯恐多言致祸。空前的政治高压催生出一种隐晦的表达风格，没有人愿意将内心的话说得明白确实，象征、朦胧的表达方式遂成一时风气。受制于此，阮籍“发言玄远，口不臧否人物”，将嘴巴闭得很严。在写诗宣泄内心情感时，也不敢“直书其事”，而是“悲愤哀怨，隐晦曲折”。对自由的心灵来说，当他被禁止自由歌唱的时候，他的苦难也就来临了。于是，我们看到了一个不正常的阮籍，他经常不遵守交通规则，自己一个人驾着车，不走通衢大路，也不走羊肠小道，而是任性而往，随意狂飙，真个是“长路漫漫任我闯”，管它一路颠簸，任其一路坎坷。但是，这种盲目的驾驶方式，最终总会导致无路可走。阮籍早就知道这样的结果，那无路可走的境地分明是一种苦闷的象征。于是，车中的阮籍涕泗滂沱，泪洒郊野。他凝视远方，日暮途穷，陡然间一声长啸，直上干云霄……

长啸是无声的言语，长啸是心灵的诉说，长啸笑傲天地，长啸开放心胸，长啸平息万古哀愁。渐渐地，阮籍习惯了这样的心灵倾诉，长啸成为他生命中不可或缺的一部分。阮籍善啸，当其长啸，声闻数百步之外。“空林无风万籁寂，长啸一声山月寒。”（赵孟頫《题孙登长啸图》）一声长啸，长空回荡，斯人不孤；群峰耸峙，山月一轮，如对我言。长啸是一种特别高雅的艺术行为：对天长啸，响遏行云；对地长啸，声逾八极；对山长啸，万壑回响；对水长啸，鱼龙潜跃……唐代《封氏见闻记·长啸》中说：“人有所思则长啸，故乐则歌咏，忧则嗟叹，思则吟啸。”长啸与歌咏、嗟叹一样，是人类心灵的一种自发回应，是不平则鸣的情感涟漪。但长啸的独特之处在于，它是思想者的艺术，特别富有形而上的内涵，每个长啸者，都是一尊思想者的塑像。

可能是在一回穷途之哭之后，也可能是在一番震古烁今的长啸之后，不由径路的狂奔将阮籍带到了苏门山（太行山）：

阮步兵啸，闻数百步。苏门山中，忽有真人，樵伐者咸共传说。阮籍往观，见其人拥膝岩侧，籍登岭就之，箕踞相对。籍商略终古，上陈黄、农玄寂之道，下考三代盛德之美以问之，仡然不应。复叙有为之教、栖神道气

之术以观之，彼犹如前，凝瞩不转。籍因对之长啸。良久，乃笑曰："可更作。"籍复啸。意尽，退还半岭许，闻上啫然有声，如数部鼓吹，林谷传响，顾看，乃向人啸也。（《世说新语·栖逸》）

苏门山千岩万壑，云雾缭绕，听砍樵的人说，此山中有一真人，住在土窟之中，不知名，不知姓，不知从何而来，不知向何而往，遗世而独立，好读《易经》，夏则编草为裳，冬则披发自覆，鼓一弦之琴，啸傲于林泉。阮籍知道这是一位避世的隐者，内心不禁生起崇敬之意，忽然间有一种找到同道的感觉——自己不也是一位隐者吗？"夫隐之为言，迹不外见，道不可知之谓也。"所谓的隐者，一方面隐遁了自己的形迹，同时也隐遁了内心对世界的看法。隐者有两种：一谓之"朝隐"，大贤自晦，全身远害，混迹于常人，不一定非得穴处岩栖，隐于朝廷亦无不可，阮籍即属此类；一谓之"身隐"，一般隐者，止于藏身，但求避世，举世莫窥，一定要找到一个人迹罕至之处，非此不能修身养性，"真人"当为此中人物。二者的隐居方式虽然不同，但从深层次而言，他们对于世事都有着深刻的洞察，都有一套独立的价值观念，彼此"于心有戚戚焉"，这也正是阮籍执意要见隐者的原因。

阮籍开始了艰难的寻觅之路。"只在此山中，云深不知处。"莽莽群山，隐者何在？巉岩嶙峋，有径处，拾级而登；无路处，攀藤而上……路也有尽头，云雾接天处，那位隐者终于露出了真容。但见他敛膝坐于一方怪岩之上，雾鬓风鬟，如钟如松，巍然不可移。山风阵阵，吹动他的须发和宽大的衣衫；云海滚滚，天空中仿佛有闪电在轻轻闪动。阮籍找到一块岩石，与隐者相对坐下来。那人闭目垂眉，既不问客人何来，也不问来此何为，留下的只有深深的沉默……

经历了“竹林之游”后，对这样的名士风范，阮籍实在是见怪不怪了。阮籍开始寻找话题，他上陈轩辕、神农故事，下述夏商周三代盛德，谈无为之道，论帝王之义，品评古今，横御八荒，礼义之教，服气之术，贯通儒道，莫不兼备。然而，一番言语的盛宴之后，那位隐士仍然如同泥雕石塑一般，既没有表情，也没有言语。此刻的阮籍，一定认识到了语言的贫乏之处，一定领会了语言的有限性。他的“语言盛宴”在常人看来，的确卓尔不群，确实振聋发聩，有高远之义，有玄远之音；但在隐者看来，阮籍所言可能也就是一些陈词滥调，可能也就是一种试探修为深浅的语言游戏，答之无趣，答之无味，更何况真正的“道”岂是语言能够传达得了的？阮籍不觉脸红，他为自己的“试探”深感惭愧，也为自己落入“言筌”而自羞。既然语言在此已经失去意义，那么就让无声的语言出场吧！

阮籍对隐者纵声长啸。在长啸里，他忘记了形骸，找到了自我，长啸声声，如泣如诉，如怨如慕，舞幽壑之潜蛟，泣孤舟之嫠妇。但觉天地须臾，万古云霄一羽毛，唯山间之清风与无边雾霭陪伴左右，山峦间一片长啸的回声。阮籍的心胸敞开了，世界一片澄明，一个真实无蔽的生命个体如同初升的朝阳，鲜活无比——这才是隐者期待见到的生命景观！于是，隐者慢慢睁开了眼睛，精光内敛，微笑着向阮籍缓缓道：“你可以再来一次！”阮籍意识到自己已经被隐者在心灵深处接纳了，他有些许感动，一股丹田之气发于腹，冲于喉，激于舌，喷涌而出，如奔马，如涛涌，如风雷，笼罩万物，一切都在长啸中应和，那是一种语言，此刻只有两个人懂……

长啸尽兴，阮籍随着山月下山而去。行至半山，突然听到岭上噌然作响，林谷回应，传来一阵阵长啸之声，如同鸾凤和鸣，好似无数种乐器在一起发出和谐的交响。阮籍抬头望去，一片皎然的月色之下，隐者独立岩头，自顾长啸不已。

扪虱而谈

——独特的魏晋风度

在众多寄生虫中，没有哪一种能像虱子那样，虽令人憎恶，却与人类的身体保持着亲密接触。它既可藏身于平民百姓、街巷乞儿的陋衣败絮之内，也能出入于王侯将相、才子佳人的衮袍锦衣之中，虱子面前，人人平等。李商隐作《虱赋》说，德行高尚的颜回身体臭秽的时候也生虱子（“回臭而多”），臭名昭著的盗跖沐浴熏香的时候虱子也会远去（“跖香而绝”），它不会因为身份差异而对人有所歧视。历朝历代，虱子不辨贤愚，无论穷富，童叟无欺，如影随形。但谁能想到，这可憎之物到了魏晋时代，突然声名鹊起，成为魏晋名士不可或缺的“伴侣”：

> **顾和始为扬州从事，月旦当朝，未入，顷停车州门外。周侯诣丞相，历和车边，和觅虱，夷然不动。周既过，反还，指顾心曰：“此中何所有？”顾搏虱如故，徐应曰：“此中最是难测地。”周侯既入，语丞相曰：“卿州吏中有一令仆才。”**（《世说新语·雅量》）

东晋名士顾和受王导提拔，刚刚担任扬州州府从事。按照东晋惯例，僚属每月初一应当参加朝会进见长官。时间转眼又是初一，顾和先期到达了州府，但到了府衙门前时，他却没有像其他人一样下车直奔府内，而是命令车夫停下牛车。因为他忽然觉得身上有异物蠕动，皮肤有种奇痒难耐之感，仔细一看，一只只形似琵琶的小虫子在衣服内外来回进出。他抬头望望温暖的太阳，咧嘴笑了一下，此地甚好！只见他伸手入身，上下游走，旁若无人，居然慢腾腾地开始抓起虱子来。虱子肉肉的，个个吸血饱胀，顾和触觉灵敏，伸手即得，但闻啪啪脆响，转眼杀虱数十，大拇指指甲间一片殷红，口中连连称快。

这时武城侯周𫖮也恰好到丞相王导那里去，从顾和的车子旁边经过。顾和照旧抓着虱子，安闲自在，神色愉快，根本没理周𫖮。周𫖮本来匆匆而过，经过顾和身边时只是略略扫了一眼，但当他已经走过顾和，脑海中刚刚见到的图像才传送到分析中枢，分析中枢告诉他：刚才见到一个抓虱子的怪人！于是，他折身而返，重新回到顾和身边，端详着洋洋得意的顾和以及他殷红的指甲。此刻，顾和开始闭着眼睛摸索，因为察觉到左胸有“敌情”，于是将右手放在胸前殷勤寻觅。周𫖮笑了，他抬起手指着顾和的胸口问道：“这里面装些什么？”成心想拿顾和身上的虱子消遣一下。但没想到，顾和照样摸着虱子，慢吞吞地回答说：“你是说这里吗？我告诉你，这里面是最难捉摸的地方。”周𫖮进府后，告诉王导说：“你的下属里有一个可做尚书令或仆射的人才。”

顾和身上的虱子可谓死得其所，流芳百世。因《世说新语》的这一则记载，虱子在魏晋时期不再是肮脏龌龊的代名词，而是成为名士风流的重要徽号。顾和位卑人轻，仅仅是扬州从事的小官，周𫖮位高权重，顾和本应卑躬屈膝，曲意逢迎，但他竟然对周𫖮视若无睹！在顾和的眼中，地位低下不能成为人格卑下的借口，周𫖮不重要，抓虱最重要，自我的舒畅最重要。大名士自风流，任性而为，出于自然，贵人在侧，不异蚊虫，故所行无往而不适，无往而不风流。顾和捉虱的行为不能与王胡、阿Q捉虱同日而语，顾和的行为因境界不同而迥异常人。试想，胸中若无凌云之气，焉能睥睨权贵？襟怀若非玄妙虚无，怎能于捉虱时恬淡自适？在顾和那里，虱子是他精神自由、灵魂高蹈的见证。顾和是自由的，他在怪诞中显示出一种高雅。于是，那原本龌龊的虱子，被顾和仙指点化，杀身成仁，风流蕴藉，名垂青史。

这里还存在一个问题，即顾和作为一名官员，身上怎么会容许有虱子存在？他为什么就不能勤洗澡、勤换衣，让虱子没有寄生其身的机会？鲁迅在《魏晋风度及文章与药及酒之关系》一文中解释说，魏晋时代名士普遍服用五石散，五石散药性酷烈，服药之后皮肤敏感易破，不能穿新衣只能穿旧衣，因为新衣服较旧衣服质料硬挺，更容易损伤皮肤。即便是旧衣服也不能常洗，因为衣服浆洗之后硬度增加，也比较容易弄破皮肤。所以，魏晋名士常见的形象便是破衣烂衫、皮肤垢腻，而这正是虱子滋生的绝佳环境，所以他们身上偶尔爬过几只虱子也就不足为怪了。

鲁迅的解释可谓一举发千古之疑，但其解释也有一些尚待补充的地方，即魏晋名士多虱不是单纯的药物反应原理能够解释得了的。服用五石散当然会导致服用的名士懒散而多虱，但是，名士多虱和服用五石散之间也并非存在着必然联系，有相当一部分名士是因贫穷而多虱：

> **王猛，字景略，北海剧人也，家于魏郡。少贫贱，以鬻畚为业……猛瑰姿俊伟。博学好兵书，谨重严毅，气度雄远，细事不干其虑，自不参其神契，略不与交通，是以浮华之士咸轻而笑之……桓温入关，猛被褐而诣之，一面谈当世之事，扪虱而言，旁若无人。**（《晋书·王猛传》）

这段文字中的主角名叫王猛，其家在当时魏郡，年少贫贱，以贩卖簸箕为业。但王猛生性好学，博览兵书，气度雄远，有为帝王师之志。因为他不甚挂虑生活琐事，所谈多为军国大事，故世人认为其志向迂阔不实，常常嘲笑他。但王猛不鸣则已，一鸣惊人，后来桓温北伐，遍寻英雄良士，王猛认为自己出场的时候到了。于是，他穿着粗布衣服去拜谒桓温，言语间气度从容，谈吐不凡，尤其让人惊讶的是，他居然一面谈着当今天下大事，一面抓着虱子，那样子就好像桓温只不过是一个小辈。桓温是东晋的枭雄，史籍记载他神貌英武，雄视天下，气度非凡，震慑人心，但王猛就是没把他放在眼里。王猛的确将名士的风范挥洒到了极致，虱子在这里再一次大放光彩。然而，王猛没有服用五石散，以他的经济条件，吃不起那么贵重的药品，他的虱子应该不是富贵的产物，而应拜贫寒所赐。对王猛来说，身上的虱子成了自己安贫乐道的象征，它不是一种羞耻，反而是一种值得炫耀的资本。

说到这里，我们明白了一件事，虱子之所以出名，不是因为人们抓虱子的行为，而是这种行为展现的气度。后代的文人的卫生条件一代比一代好，但魏晋时代形成的名士风度却让他们发自内心地向往。于是他们的文集中，经常出现“扪虱”的字样，文集动辄冠以“扪虱”二字，原来名士的切肤之痒虽然感受不到了，但名士的风雅却深深地留在了文化的记忆里。

梅花三弄

——水边的桓伊

音乐是一种超越性的语言，它让人类的梦想、希望和情感尽情展现在音符的跳动中。无论欣赏它的人是什么身份，使用的是什么语言，都能和演奏它的人共同分享动人的天籁。在某种意义上，音乐是造物主赋予人类最美的礼物。中国自古以来就是礼乐之邦，士人弦歌演风雅，大夫无故不撤悬，对于一个真正的名士来讲，音乐修养是不可或缺的身份标志。魏晋时代，士人中间涌现出一批精通音律的人物，如以琴曲《广陵散》知名的嵇康，以善辨音律知名的阮咸等等。在这些人物中间，除去文人，也不乏武将的身影，下面一段文字，记载的就是有关一个风雅的武将与音乐的故事：

王子猷出都，尚在渚下。旧闻桓子野善吹笛，而不相识。遇桓于岸上过，王在船中，客有识之者云是桓子野，王令人与相闻，云："闻君善吹笛，试为我一奏。"桓时已贵显，素闻王名，即便回下车，踞胡床，为作三调。弄毕，便上车去。客主不交一言。（《世说新语·任诞》）

《世说新语》载，王子猷即将乘船赶赴京都建康，因为船客尚未到齐，船夫暂时将船停泊在青溪渚。为方便客人上船，所以船也就离岸不远，人们闲来无事，在船中静静观看着岸上发生的一切。正在众人等待之际，忽见岸边一辆牛车经过，车上端坐一人，此人英姿飒爽，宽袍大袖，顾盼神飞，手中握有横笛。船中的人们不禁一阵骚动："嘿！这不是桓子野吗？"王子猷原本是非常厌恶与常人为伍的，更不屑于一些俗人的追星行为，但当他听到桓子野的名字时，心头还是不禁一震，随之暗暗欣喜。于是，他差遣身旁仆役，弃船登岸，来到桓伊的牛车旁。仆役说明身份后，传达王子猷的话说："听说您擅长吹奏笛子，可否为我主人吹奏一曲？"桓伊那时已经不是白丁，非但笛艺超群，而且身份显赫。因而，即便是达官显贵亲自驾临，邀其吹奏一曲都并非易事，更何况是一个仆人传达的邀请。

但是，当桓伊知道对面舟中坐的是王子猷时，他却转身下车，待仆人将车停在岸边放定之后，桓伊从容坐下，将竹笛横于嘴边。桓伊很久以前就听说过王子猷，据说此人雪夜乘舟拜访戴安道，"乘兴而行，兴尽而返"，至戴安道寓所不晤而别；据说此人爱竹成癖，"不可一日无此君"，进入他人家中赏竹，视主人如无睹；据说此人为桓温参军，不理政事，但云"西山朝来，致有爽气"。类似的故事，桓伊还听说过很多，但觉此人有情痴，非凡间俗物，这正对自己的胃口。

王子猷对桓伊也早有耳闻。桓伊是东晋名将，在淝水之战中大破前秦苻坚的就是此人。此人非但武功超群，亦雅善风流，《晋书》记载他："善音乐，尽一时之妙，为江左第一。"桓伊最擅长的是吹笛，据说他使用的竹笛，就是东汉著名文学家兼音乐家蔡邕亲手制作的"柯亭笛"。东晋伏滔《长笛赋序》说：

余同僚桓子野（名伊），有故长笛，传之耆艾，云蔡邕

之所作也。初，邕避难江南，宿于柯亭，柯亭之馆以竹为椽，仰而眄之，曰：良竹也，取以为笛，音声独绝，历代传之，以至于今。

据伏滔说，桓伊的笛子来历不凡，乃是东汉名士蔡邕所制。东汉末年，天下大乱，蔡邕避难江南，宿于柯亭。柯亭之地多竹，故房屋多以竹为椽。蔡邕见而称奇，以为椽竹是制笛的良材。于是，蔡邕取椽竹制笛，音色天下独绝。明代刘基描写柯亭笛的音色说：

予又闻柯亭有美竹可为笛，风清月明，登楼一吹，可以来凤凰，惊蛰龙，真奇事也。

蔡邕所制之笛，当其演奏之时，腾蛟起凤，龙蛇为之狂舞，可见其独特的艺术魅力。柯亭笛音调绝伦，为知音人所叹赏，故历代相传，一直到东晋时代。桓伊的柯亭笛得自于一位年迈德高的老者，老者欣赏桓伊的音乐修养和艺术感悟能力，将珍藏已久的柯亭笛慨然相赠，自此以后，桓伊的笛乐演奏如虎添翼，江左一带再也无人可以匹敌。

王子猷早岁随父亲王羲之在名士孙绰的家里见到过柯亭笛，但不幸的是，孙绰家里奏笛的歌妓非但技艺拙劣，而且居然将柯亭笛当成寻常的竹棍到处胡乱敲打，最终将柯亭笛一折两段，暴殄天物，毫无怜惜之色。王子猷记得，当时父亲气得大骂，连连感叹斯文扫地。(《世说新语·轻诋》) 本来，王子猷以为柯亭笛从此绝迹人间，但不想在桓伊处复见柯亭笛，更妙的是，它的演奏者是桓伊，真所谓“得其所哉”！

此时，桓伊的笛声响起来了，笛声清越，婉转悠扬，人们开始屏气凝神，面容沉醉地流连于笛声之中。桓伊吹奏的是一首被后世称为《梅花三弄》的古曲，此曲以梅花凌霜傲寒、高洁不屈的节操与气质为表现的主题，结构上采用循环再现的手法，重复整段主题三次，每次重复都采用泛音奏法，故称为“三弄”。它通过笛音来描摹梅花的静与动，将梅花洁白、傲雪凌霜的高尚品性展露无遗。桓伊喜欢《梅花三弄》，它好像是他追求高洁人格的理想的倾诉，是他的梦停留过的地方。

笛声穿过水面，萦绕着水上的小舟。这时虽然是暮春时节，周围到处柳绿花红，但王子猷却感觉时间仿佛到了雪花纷纷扬扬的冬季，那种感觉与他寻访戴安道的雪夜何其相似。他也仿佛闻到了梅花的清香，仿佛看到了梅花在飞雪中绽放，完全不以冬天为意。王子猷但觉漫天白雪，一树芳华，自己的灵魂融化在里面了。“何方可化身千亿”，王子猷期待自己也变成那一树梅花。他暗自激赏桓伊的笛声演奏得高妙，同时也感叹于桓伊的人格之美，他盼望这样的笛声永远没有终结的时候。

然而，当桓伊演奏过后，只见他敛衣收笛，转身朝前面的车走去。船上的王子猷也没有与之道别，甚至连一个掌声都不曾赠送。就这样，宾主之间不交一言，乘船的渡水而去，乘车的远行不见，水面空留一缕云烟，道上只余一线黄尘。自始至终，桓温和王子猷之间没有语言的交流，然而，他们知道，在音乐中，他们早已晤谈了很久，已经是心神相通的老友了……

三

笑说名士

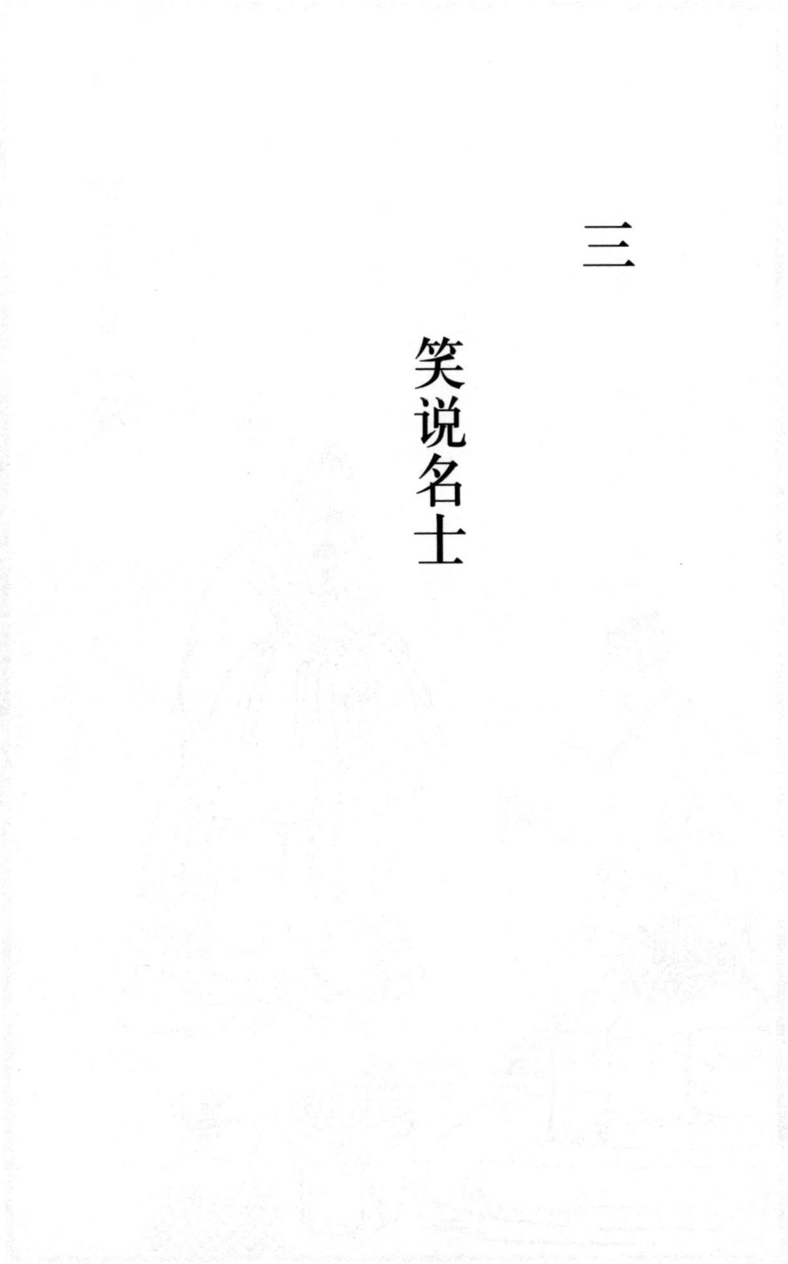

《世说新语·简傲》嵇康锻铁故事（清咸丰萧山王氏养和堂刊本《於越先贤像传赞》·任熊绘）

奋掷麈尾

—— 飘落的玄谈

魏晋名士清谈的时候，身边有一样必不可少的道具，这种道具名叫麈尾。《名苑》谓：“鹿大者曰麈，群鹿随之，视麈尾所转而往，古之谈者挥焉。”麈是一种大鹿，麈尾摇动可以指挥鹿群的行动方向，“麈尾”即取义于此，有领袖清谈之义。麈者，鹿主也。麈既然是鹿主，手持麈尾者当然为清谈之主。简单说来，麈尾在古代清谈中的功用相当于今天的麦克风，麦克风在谁的前面谁就是主讲人，麈尾在谁的手里谁就把持着话语权。有人曾以为麈尾就是拂尘或扇子，其实不对，麈尾有柄，形似羽扇，上圆下平，附以麈鹿的长毫毛，毛茸茸的很像麈鹿的尾巴，其形制在敦煌莫高窟的《维摩诘像》中画得非常清楚。当麈尾握于清谈者手中时，指点江山，激扬文字，粪土当年万户侯，名士激辩，挥斥方遒，领袖群伦的气势就出来了。

人们通常认为，麈尾既然是名士雅器，自当人手一柄。但实际上，虽然名士人人都有麈尾，但清谈的现场往往只有一柄麈尾，谁是“主辩”即在谁之手。一般情况下，名士清谈的气氛是比较和谐的，麈尾在诸人之间的流转过程也没有什么波澜，通常是由发言人礼貌地交给下一位发言人。但在特殊情况下，如果名士的玄谈辩论进行得很激烈，麈尾的传递有时就不那么高雅了：

> **孙安国往殷中军许共论，往反精苦，客主无间。左右进食，冷而复暖者数四。彼我奋掷麈尾，悉脱落，满餐饭中。宾主遂至莫忘食。殷乃语孙曰："卿莫作强口马，我当穿卿鼻！"孙曰："卿不见决牛鼻，人当穿卿颊！"**（《世说新语·文学》）

东晋一个普通的日子，名士孙安国（盛）到殷中军（浩）那里一起清谈，孙盛和殷浩都是清谈中的高手，不仅是高手，二人还是棋逢对手。《续晋阳秋》载：

> **孙盛擅理义。时中军将军殷浩擅名一时，能与剧谈相抗者，唯盛而矣。**

意思是说，孙盛为人擅长谈玄说理，对哲理辩论比较在行。然而，中军将军殷浩在这方面也享有盛名，当时能与殷浩以超音速的语速进行辩论的人，也只有孙盛一人而已。

这样的两个人坐在一起辩论，其现场的激烈程度可想而知。两人各自落座于座榻之上，中间隔了一张陈放饭食用的桌案。辩论开始，殷浩孙盛之间，刀枪剑戟，你来我往，互寻破绽，纵情诡辩，势必欲致对方哑口无言而后快。两人四目相对，主辩的一方涨红了面孔，唾沫横飞，引经据典，旁征博引，语速奇快，喉咙发干，四肢紧张，不时挥动手中的麈尾。两人的辩论进行得很艰苦，而且辩论的攻防互换节奏又很快，以至于两人完全忘却了身边一切存在，他们在思辨的宇宙中沉浮，外物根本不能让他们分神。

两人从早晨一直辩论到中午，彼此间仍未见分晓，从中午辩论到下午，胜负还是没有分出来。仆人此时已经将饭食热了四次，但殷浩和孙盛根本没有进食的意思，一桌的盛馔飘散出诱人的香味。但此时的辩论双方只有视觉和听觉在发挥作用，嗅觉的功能此时完全退化，而且视觉的注意区域只在对方不屑的脸上，听觉关注的重点只在对方言谈的破绽上，所以任凭饭菜飘香，色香味俱全，任凭仆人殷勤催促，千呼万唤，殷浩和孙盛就是视而不见，充耳不闻。仆人一脸尴尬，站立在桌案一侧，目瞪口呆地注视着两个灵魂出窍的家伙——他们完全忽视了他的存在！

随着时间的推移，殷浩和孙盛的辩论已经由隔空对垒转移到了短兵相接，近身肉搏，生死存亡，彼此间已经毫无情面可言。殷浩抓住孙盛言论的弱点不放，孙盛反唇相讥，转守为攻，句句直奔要害。殷浩手足无措，奋力还击，欲置之死地而后生，一番排兵布阵的积极防御之后，局面又逐渐向他这一方倾斜。辩论之际，因为守方攻方的易位，麈尾也不断地在二人中间轮换把持。开始时，两人尚能做到宾主相敬，但随着辩论进入白热化阶段，殷浩和孙盛由刚才的玄学思辨进入了意气之争。

殷浩不再像刚才那样脸上带着笑容，不再像起初礼貌从容地把麈尾递给孙盛，此时的他眼中充满了愤怒的目光，手中的麈尾瑟瑟颤抖。随着孙盛有利局面的到来，殷浩不得不把手中的麈尾拱手相让，他心中不服，脸上带着怒气，奋力将麈尾掷向孙盛，孙盛猝不及防，被迎面而来的麈尾吓了一跳。孙盛也愤怒了，但他没有表现出来，他得意洋洋地挥着麈尾，这让殷浩更加郁闷。但孙盛没有想到，言谈中的一个疏忽为殷浩创造了把柄，殷浩转眼间又占了上风，此时，麈尾不得不再次回到殷浩手中。孙盛也不再谦恭有礼，像殷浩一样，他也将麈尾奋力一掷，投向殷浩怀中，正所谓“来而不往非礼也”！于是，两人开始频繁地互掷麈尾，因为用力过猛，麈尾上的麈毛脱落，一根根撒落在桌案上的饭食里。那情形就好像看好莱坞大片，两位枭雄在教堂里枪战对决，枪声响起处，鸽群飞过，羽毛漫天……

拉锯战进行了很久，麈尾在空中飞腾了很多次，殷浩和孙盛最终都精疲力竭，理屈词穷，都已经是“强弩之末，势不能穿鲁缟”。二人舌根发硬，嘴唇发麻，但谁也没能将谁驳倒。殷浩还想再次强攻，但他实在找不出什么论据能够对孙盛构成有力的威胁，他不想这样收场，他在辩论清谈中何曾败过。他用尽最后一丝力气，歇斯底里地对孙盛说道：“我告诉你，你别做嘴硬的马，小心我穿透你的鼻子！”殷浩在威胁，在发出最后一次可能的震慑，他在表达一种胜利的信心和意志：孙盛你就不要抵抗了，我早晚都会将你驳倒，你就像那蛮横的马，但我最终会给你穿上鼻环，让你老老实实听话。

殷浩的意愿当然是好的，但他不小心露出了破绽，试问天下哪里有穿鼻子的马？又怎么有戴鼻环的马？殷浩求胜的心太急切了，以至于言不及义，这给了孙盛一个很好的反击机会。孙盛脱口道：“难道你没有见过挣脱鼻环逃走的牛？我告诉你，我要像给马戴嚼子一样用铁棍穿过你的面颊。”牛穿鼻环，马戴嚼子是常识，但殷浩说孙盛是“强口马”，却要穿其鼻，显然是一大疏忽。所以孙盛的反击自然就占了上风，不仅自己“决鼻”而逃，还用“强口马”还击了殷浩，并且附赠了一套嚼子。

谁笑到最后，才是笑得最好的，殷浩一个不小心的疏漏最终让孙盛取得了辩论的胜利。当然，你可以说牛马的事与他们辩论的主题根本就不是一回事，怎么能算孙盛获胜呢？但须知，高手之间的差距往往就是一根头发丝粗细，芝麻小事足以决定一场旷世对决的胜负。我料想，殷浩最后应该是恭恭敬敬地把麈尾交到孙盛的手中，老老实实地认输，两眼默默地注视着杯盘中飘落的麈毛。

举却阿堵物

——王衍与东晋的代词

金钱是一种奇妙的东西，西晋人鲁褒专门写过一篇《钱神论》，盛赞金钱的威力：

> ……钱之为体，有乾坤之象。内则其方，外则其圆……亲之如兄，字曰孔方。失之则贫弱，得之则富昌……谓为神物。无德而尊，无势而热，排金门而入紫闼。危可使安，死可使活，贵可使贱，生可使杀。是故忿争非钱不胜，幽滞非钱不拔，怨仇非钱不解，令闻非钱不发。洛中朱衣，当途之士，爱我家兄，皆无已已，执我之手，抱我始终……广修农商，舟车上下，役使孔方。凡百君子，和尘同光，上交下接，名誉益彰！

这大概是中国最早的“拜金主义”宣言。在《钱神论》的描述里，钱被称为“孔方兄”，外圆内方，有乾坤气象。它是神奇的物品，无德而尊，无势而热，具有上帝的大能，危可使安，死可使活，贵可使贱，生可使杀。世间没有它解决不了的事情，想摆脱困境吗？想打赢官司吗？想红得发紫吗？来向“孔方兄”求援吧！在鲁褒的时代，洛阳的朱衣权贵，显赫的朝廷要员，没有不爱它的，秉烛夜观，昼夜把玩。有了“孔方兄”，了却人生无尽事，上下交接，名誉益彰，天下人生，尽玩于股掌之上。

然而，这不过是鲁褒从寒士角度出发的愤激之辞。对那些真正有钱的人来说，钱的意义可能就不那么重要了。试想，如果一个人天生就是财神，家里钱多得永远花不完，那么钱对他的重要意义可能就失去了。此时的钱，成了他的身外之物，钱变成了一种符号，变成了一堆数字。人们都知道，钱是衡量价值的尺度，但人们还应该知道，人是衡量钱的价值的尺度。对于不同的人而言，钱的价值也是不一样的，因为有钱，钱就将不再是钱。在普通人之外，世间真有那么一批视金钱如粪土的人：

> **王夷甫雅尚玄远，常疾其妇贪浊，口未尝言“钱”字。妇欲试之，令婢以钱绕床，不得行。夷甫晨起，见钱阂行，令婢“举却阿堵物”。**（《世说新语·规箴》）

王夷甫就是“清谈误国”的王衍，此君官至西晋三公，家里自然不缺钱，且因雅尚玄远，追求老庄无为逍遥之境，是当时众人崇拜清谈的宗师。为了保持名士范儿，“宗师”对一切世俗的东西都本能地保持着距离，令人称绝的是，他口中从来不谈“钱”字。钱是什么？清高的人认为，钱是最俗气的东西，一个人口中谈钱，就意味着堕入尘埃，与凡夫俗子无异，哪还谈什么形神超越，还谈什么“魏晋风度”。换言之，全身一股铜臭味的人是不配谈玄论道的。王夷甫深谙此理，为了引领潮流，他率先垂范，从不摸钱，从不说钱，“钱”成了王夷甫生命中的第一禁忌。这倒不是王夷甫生性高洁，而是他本来就不缺钱，王隐《晋书》曰：“夷甫求富贵得富贵，资财山积，用不能消，安须问钱乎？”此话说得有理。

久而久之，王衍成了一个高尚的人，纯粹的人，摆脱低级趣味的人。但是，他的妻子却不允许他将“装酷”进行到底。王衍的妻子不是普通人，其妻郭氏是西晋的“武则天”贾后的表姐。凭借皇后的权势，郭氏刚愎贪婪，性情暴戾，搜刮财物贪得无厌，喜欢干涉王衍的政事，经常背着王衍干些卖官的事情。作为名士的王衍，对郭氏的行为是持鄙视态度的，但他实在管不了这个性格彪悍泼辣的“母夜叉”。最后没有办法，王衍只好拿当时京城的大侠李阳来吓唬她，对她说：“不只我说你不能这样做，李阳也认为你不能这样做。”我们大家知道，所谓大侠，其实是黑社会老大的别称，汉代的郭解就是“大侠”中的佼佼者，其势力所及，甚至令汉王朝为之侧目。李阳本是京城刺史，暗地里想必也是这样的来头，故此，郭氏对之素来忌惮。在听了王衍的话后，郭氏暗自股栗，行为稍稍有所收敛。此后，王衍口不谈“钱”，郭氏爱“钱”，两口子成了一对奇妙的神仙组合。

王衍陷入了一种幻觉，他觉得在成功地降伏了郭氏之后，自己真的是一个彻头彻尾与金钱绝缘的人了。然而，郭氏心里明白，这不过是王衍的一种“自我崇高化”，他那副虚伪的模样令她厌恶，加之前段时间受到王衍的恐吓，郭氏内心愤愤不平。她决定帮助王衍恢复成一个“正常人”，要让他开口说“人话”，要不然，可怎么得了，你听听他天天回到家里都说些什么呀，什么“道可道，非常道”，什么“无名，天地之始；有名，万物之母”，整天手里拿着一柄羽毛扇子，除了忽悠还是忽悠，不行，必须让他醒醒了！

郭氏决定使用“崩溃”疗法，你王衍不是最忌讳说“钱”字吗？好！我一定要想千方设百计，让你说出那个最让你忌讳的字来，说破无毒，一旦说破，病也就好了！她命令侍女在王衍熟睡之际，用一串又一串充满铜臭味的“孔方兄”，将王衍的床环绕了起来。看郭氏对付王衍的架势，倒好像一个法师为了驱鬼而在鬼宅的四周贴满了符咒，不如此则法力不够强，而恶鬼又焉能被驱走？她在想，王衍醒来，看到满眼的钱串子，心里会是个什么滋味？问题还在于，王衍的床已经完全被“钱”包围，如果想从重围中走出，必须要招呼侍女来摘掉密不透风的“孔方兄”。那么，王衍又如何对侍女下达这一指令呢？这项指令里有个关键词——“钱”，那是他一以贯之的禁忌，一旦说出，一定被郭氏取笑，一生清誉尽毁，一败涂地，一脸尴尬……郭氏这样想着，认为自己已经胜券在握，她静悄悄地守候在屋外，只等王衍说出那个标志着胜利的字眼。

然而，她失算了。王衍在清晨的朝阳中徐徐醒来，口中吟诵着“大梦谁先觉，平生我自知”的诗句，忽然看见了满目的铜钱。他没有生气，他是名士，他不能生气，名士都不生气，生气是没有修养的表现，更何况在郭氏面前，生气也没用，他必须淡泊超然，虽然他心知这是郭氏设计的一个心存歹意的局。他端坐了片刻，考虑着如何规避“钱”字，想来想去，他终于想到了一个绝妙的代词。于是，他朗声对侍女说道：“举却阿堵物！”“阿堵”是那时候人们常用的一个代词，相当于今天的“这个”，“阿堵物”的意思就是“这个物件”“这个东西”。就这样，王衍成功地避谈了“钱”字。听到主人吩咐，侍女翩翩而来，将环绕床前床后的钱串逐个摘除，王衍的世界终于清静了，而王衍屋外的帘后是一双愤怒的眼睛……

河东狮吼

——人在囧途的王导

东晋丞相王导达于为政，性情宽厚容众，与周围同僚关系极好，很少被激怒而对他人恶语相向。但人皆难免俗，王导一次还是罕见地对一个人发了飙：

王丞相轻蔡公，曰："我与安期、千里共游洛水边，何处闻有蔡充儿？"（《世说新语·轻诋》）

王导是当时聚众清谈的常客之一。一次清谈，有人对王导谈起名士蔡谟，对之颇为推重，王导不以为然地笑道："你们说的就是就是吃蟛蜞，最后上吐下泻，贻笑大方的那个蔡谟吧？"大家附和地点点头。王导接着略带愠怒地讽刺说："前朝我与王承（安期）、阮瞻（千里）共同在洛水边遨游清谈时，何曾听说过有蔡充的儿子？"言语间甚有揶揄之意。蔡谟的父亲叫蔡充，蔡为显姓，与陈留阮氏同为名门望族，东汉蔡邕是蔡氏家族中的名人。据《晋书》记载，蔡谟为人方正雅量，行事谨慎，凡事出于公心，与人素无私怨。按理说，这样的人是不会有什么私敌的，那么，王导究竟是因为什么事情对蔡谟如此不满呢？这一切，都需要从王导的夫人说起：

> **丞相曹夫人性甚忌，禁制丞相不得有侍御，乃至左右小人亦被检简，时有妍妙，皆加诮责。王公不能久堪，乃密营别馆，众妾罗列，儿女成行。后元会日，夫人于青疏台中望见两三儿骑羊，皆端正可念。夫人遥见，甚怜爱之，语婢："汝出问，是谁家儿？"给使不达旨，乃答云："是第四、五等诸郎。"曹氏闻，惊愕大恚，命车驾，将黄门及婢二十人，人持食刀，自出寻讨。王公亦遽命驾，飞辔出门，犹患牛迟，乃以左手攀车阑，右手捉麈尾，以柄助御者打牛，狼狈奔驰，劣得先至。蔡司徒闻而笑之，乃故诣王公，谓曰："朝廷欲加公九锡，公知不？"王谓信然，自叙谦志。蔡曰："不闻余物，唯闻有短辕犊车，长柄麈尾。"王大愧，后贬蔡曰："吾昔与安期、千里共在洛水集处，不闻天下有蔡充儿。"正忿蔡前戏言耳。**（虞通之《妒记》）

据《王氏谱》记载，王导的夫人姓曹名淑，王夫人万般皆好，唯独妒忌心很重，禁止王导有婢女，甚至经常检查王导身边的男仆，见到有长相俊美的，都大骂一通。王导不堪长久忍受，就悄悄地在家外建造了别墅，纳了很多小妾，生了不少儿女。后来有一次元旦，皇帝大会群臣，王导便去赴会了，曹淑自己一人在家，推开窗户往外看，恰好看到几个小孩子骑着羊，都长得匀称可爱。曹淑远远地看着，十分喜欢这几个孩子，就对身边的婢女说："你去问问这是谁家的孩子，太可爱了。"别墅的仆人没留意是曹淑的婢女发问，就回答说："这是王丞相第四房、第五房妾的孩子。"曹淑知道后大吃一惊，随之怒不可遏。她满面通红，怒发冲冠地命令太监、婢女二十人驾车，人人带着菜刀，同仇敌忾，与子同袍，修我戈矛，雄赳赳，气昂昂，威风八面，如风似火地出门去算账。曹淑心中不止一次地咒骂：花心的王导真是岂有此理，看我不让你尸横遍野——河东狮开始怒吼了！

王导当时正在朝会，家中仆役飞速奔往朝会所在地。那时，王导手中拿着白玉柄的麈尾，正与众位朝臣侃侃清谈，仆役顾不得许多，低头附耳与王导说如此，王导当时神色大变，汗就全下来了，他知道自己家里夫人的厉害，小妾们遭受侮辱倒还在其次，弄出人命就不好了！于是，王导匆匆告辞，急忙叫人备车，飞快地驾车出门。东晋渡江后，南方缺少马匹，所以当时的士族出门多用牛车，王导也不例外。但牛车实在太慢，慢慢悠悠，半晌才迈出那么几步，而王导此刻恨不得坐上火箭直奔小妾府第。他心中万分焦急，唯恐自己到时小妾们已经血溅五步，尸横当场。于是，他大声催促车夫鞭打驾车的牛，车夫满脸是汗，牛的速度已经到了极致，但王导不管这些，只见他左手抓住车上的栏杆，身体不住地摇晃，右手拿着刚才清谈用的白玉柄麈尾帮助车夫打牛，一下紧似一下，狼狈地向小妾处飞驰。他的牛车是救火车，他的牛车是救命车，他一路狂奔，总算比曹淑先到了别墅……

小妾们当然没有香消玉殒，然而曹淑毕竟怒气难消，回家的当天夜里，王导一夜不得安生，但所幸事情总算过去了，他心中暗念阿弥陀佛！这是王导自己从未经历的一桩囧事，奔赴别墅的“囧途”让他久久难忘，以致后来还常常在梦中挥手喊着赶牛的号子。王导当然不希望自己的这桩丑事宣扬出去，但世界上没有不透风的墙，司徒蔡充不知从什么渠道听说了王导的囧事，拍着大腿笑得肚子都疼了，哈哈哈……那个可笑的王公啊……哈哈哈……家中居然有这么一只母老虎……哈哈哈……

按常理，蔡充笑笑也就罢了，但他千不该万不该，不该当面去拿王导开涮。但蔡充真是可爱，他真的就去了，见到王导后，蔡充一脸严肃地对他说："听说朝廷就要赏赐您九锡了，您知道吗？"九锡是中国古代皇帝赐给诸侯、大臣有殊勋者的九种礼器，是最高礼遇的表示。这些礼器通常是天子才能使用，对于臣子而言，意味着礼遇的极致。可笑的是，王导竟然信以为真，一时高兴得要死，但嘴上仍连说："哎呀！我王导何德何能，竟然蒙皇帝赐此殊荣。"接着说了一大串自谦的话。但就在他高兴的当儿，蔡充猛然泼了一瓢凉水，他坏坏地说道："王公，九锡按理说应该赏赐九种礼器，但我听说皇帝给您的东西只有两样：短栏杆牛车和长柄麈尾。"牛车和麈尾，这两件东西对于王导而言，就好像阿Q头上的癞疮疤，是说不得，摸不得，提不得的。蔡充的一番话一下子将王导从天国带到地狱，地上有没有老鼠洞，在哪里？如果有，王导早就钻进去了。

自那以后，蔡充异常开心，王导只要遇见他，一定绕道而行，他实在有把柄在蔡充手中！但是，王导咽不下这口气，他暗想，不就是怕老婆吗？谢安、桓温还不是一样怕老婆？东晋像样一点的男人都怕老婆，他这样一想，心里释然了很多。但是，当他后来看见蔡充的儿子蔡谟的时候，还是忍不住想起了他那个挨千刀老子，于是《世说新语》中才有了王导贬损蔡谟的那番话。

疯狂的鸡蛋

—— 性急莫过王蓝田

我们可能都玩过一种箱子，只要你一揭开盖子，里面就会有一个弹簧魔鬼跳起来，当你把它压下去，它就又跳起来，而且你压得越低，它往往跳得越高。在这个简单的游戏里，两种固执性在相互对抗，一种是弹簧的纯机械的固执性，另一种是人的玩弄机械的固执性。在这种对抗中，人心甘情愿地自降为与机械处于同一智力水平的非生命个体，而潜意识中却移情性地把机械视为与自己具有同样智力的人。换句话说，人与非生命的东西整个来了一个错位，并在此对抗过程中享受着一种不可言说的愉悦。错位是可笑的，这正如同“狗咬人”并不可笑，可是“人咬狗”却绝对是十足的笑料一样。有的学者就从这个所谓的“错位”里获得了理论感悟，法国的哲学家柏格森甚至偏执地认为，这种人与物的固执性“对抗”，是一切喜剧精神的终极来源。

当然，柏格森的这个说法正确与否还有待推敲，但必须承认的是，它的确具备一定范围的解释效力，《世说新语》里就有一个现成的实例：

王蓝田性急。尝食鸡子，以箸刺之，不得，便大怒，

举以掷地。鸡子于地圆转未止，仍下地以屐齿碾之，又不得，瞋甚，复于地取内口中，啮破即吐之。王右军闻而大笑曰："使安期有此性，犹当无一豪可论，况蓝田邪？"（《世说新语·忿狷》）

这是一个在中国古代的各种类书、笑话书里不断被征引的一个故事，其引用频率之高绝对令你咂舌。故事的内容很简单：东晋的蓝田侯王述生性急躁，有一次吃鸡蛋，老兄"不走寻常路"，竟然别出心裁地想用筷子插住鸡蛋然后食用，但按照物理法则，当然是没有插住。试想，此事如果放在一般人身上，此时一定会放下筷子，转而用手拿起鸡蛋，然后磕碎、剥皮、吃掉、洗手，完成一个水到渠成、正常的不能再正常的过程。但王蓝田偏巧是个暴脾气，没有插到鸡蛋的他突然来了固执劲儿，"征服"鸡蛋的欲望瞬间被激发出来。他宛若一块上满了发条的钟表，那颗本来平静的心脏陡然激越如同鼓点。按照本能的指引，王蓝田愤怒了，他将鸡蛋高高举起，用尽全力掷在地上。但是，不幸的是，鸡蛋也很固执，它并没乖乖就范，而是就地来了一个轨道自转运动，一圈又一圈，不断对王蓝田做着鬼脸。不难想象，此时的王蓝田已经是气急败坏。于是他抬起穿着木屐的右脚，朝着鸡蛋狠命地踹过去，但不幸的是鸡蛋此刻正在做圆周运动，与"太极"神髓相通，故能以柔克刚，卸去了王蓝田"无影脚"的致命劲道——他又失败了！至此，王蓝田再也无法接受被挫败的事实，他已经"出离愤怒了"，但看他目眦尽裂，怒发冲冠，迅疾贴身拾起那还在地上旋转的鸡蛋，顾不了干净肮脏，他将鸡蛋纳入口中，一小块一小块地用牙齿咬碎并用力咀嚼，腮上的肌肉块块饱绽。他咬一口吐一口，咬一口吐一口，在想象中对这枚"疯狂的鸡蛋"实行着"凌迟"的酷刑，似乎只有如此方能解心头之恨。将鸡蛋"结果"之后，愤怒的王蓝田颓然坐下，犹自在椅子上气喘吁吁地目视着满地的鸡蛋壳……

一边是一只“疯狂”的鸡蛋，一边是一个性急、固执的王蓝田，二者的相遇促成了一则流传千古的笑谈。这里没有了士大夫阶级的雍容大度，只剩下小儿一样的单纯、率真、自然。人性的自然抒发总是能引起天真的快乐，但需要指出的是，王蓝田的这种率性而为的行为，在魏晋时代却并不为人所重视。原因在于，那时尽管提倡人的任性自然，但这种自然要以不失去人的风度仪态为前提，要以冲淡平和的心态为依托，否则就是违背了自然之旨，而王蓝田暴怒式的行为无疑是有悖于此的。王述的行为虽然率真，但不符合魏晋对名士的要求，于是将其归入了“忿狷”一门，明显有贬斥之意。正是因为魏晋时代独特的社会风尚，王蓝田的行为招致了人们的嘲笑，“书圣”王羲之在听说那枚“疯狂”的鸡蛋后，大笑之余不忘揶揄说：“即使是像王安期（王述之父）那样有涵养的人，如果有这种急性子，那他原来的涵养就要归零了，更何况是王蓝田呢！”

仅凭这一件事情，王蓝田已经稳获“喜剧之王”的封号了。但历史往往是一个平衡者，它总会出人意料地展现出事物复杂的一面，那个曾经和鸡蛋一样“疯狂”的王蓝田，在历史上也不总是性急如火的，相反有的时候倒展现出宽容大度的一面：

> **谢无奕性粗爱强，以事不相得，自往数王蓝田，肆言极骂。王正色面壁不敢动。半日谢去，良久，转头问左右小吏曰：“去未？”答云：“已去。”然后复坐。时人叹其性急而能有所容。**（《世说新语·忿狷》）

与王蓝田同时的人有一个谢无奕，此人性情粗暴蛮横，说一不二，不知何故，他跟王蓝田合不来。有一次不知道因为什么事两人闹得很不愉快，谢无奕竟跑到王蓝田家去，堵着他家的门骂开了。《世说新语》原文写的是“肆言极骂”，估计王蓝田的父亲、母亲都被“问候”过了吧。说也奇怪，原本性急的王蓝田这次的反应却出乎意料，他只是静静地听着谢无奕的数落，并不还嘴。他神情严肃，转身面壁而坐，一动不动，冷处理的功效很显著，谢无奕骂够了，骂累了，也就走了。又过了老半天，王蓝田侧身探过头来，问身边左右的侍从：“（他）走了没有？”身边人回答说：“早就走了。”王蓝田这才转过身来，坐回原处。

据《晋书》记载，王蓝田“既跻重位，每以柔克为用”。意思是王蓝田因为做官的缘故而隐忍了自己暴躁的个性，每每展现出以柔克刚的一面，也可能正是这个原因，王蓝田最后官至扬州刺史。而那个曾经嘲笑过王蓝田的“书圣”竟然成了他的下属，最后弄得“书圣”颜面扫地，郁郁而终（《世说新语·仇隙》第三十六之五）。文人相轻，自古而然，那个一直等待王蓝田出乖露丑的王羲之，至此算是白等了一回，临死之时的他，脑海里是不是还有那枚“疯狂”的鸡蛋旋转的影子呢？

男版东施

——左思的尴尬

《诗经》里有“投我以木桃，报之以琼瑶”的句子，讲的是从前男女之间相互欢爱的求婚礼俗。主人公是一位男性，一位女子将各种水果投向该男子示好，以结百年之好。用水果来表示爱情，估计是中国人的一大创造。据闻一多研究，上古时代的男女分工不同，男人专门狩猎，女人负责采集。理所当然地，男人拥有的主要经济产品为各种猎物，女人把持的主要物品则为各种果实。就像今天一样，求婚、结婚不能没有像样的彩礼，因而男女双方见面不能毫无表示。通常讲，女人要赠送果子来表达自己对男方的思慕，男人要献上一头完整的鹿作为见面礼。所以，《诗经》里有《木瓜》篇，其中有女方向男方投掷木瓜、木桃等水果“永以为好”的诗句，而《野有死麕》、《麟之趾》篇，则提到了男方以小獐、麟为见面礼的故事，在《周礼》中则提到男方要以鹿皮为贽，礼节稍稍简化。很显然，男女分工不同导致了华夏上古奇特的婚俗。

这种奇特的习俗在东晋时代还一直存留着：

岳美姿仪，辞藻绝丽，尤善为哀诔之文。少时常挟弹出洛阳道，妇人遇之者，皆连手萦绕，投之以果，遂满

载以归。时张载甚丑，每行，小儿以瓦石掷之，委顿而反。（《晋书·潘岳传》）

潘岳妙有姿容，好神情。少时挟弹出洛阳道，妇人遇者，莫不连手共萦之。左太冲绝丑，亦复效岳游遨，于是群妪齐共乱唾之，委顿而返。（《世说新语·容止》）

安仁至美，每行，老妪以果掷之满车。张孟阳至丑，每行，小儿以瓦石投之亦满车。（《语林》）

潘岳是东晋有名的才子，又是当时的第一帅哥。《晋书》记载他："美姿仪，辞藻绝丽。"据传，潘岳年轻时曾出现在洛阳街道上，正是青春好时节，帅哥穿白爱素，一尘不染，头发亮丽乌黑，剑眉斜插入鬓，面似银盆，口似涂丹，端坐车中，肥马轻裘，手执一柄弹弓，正准备要个去也！潘岳的出现给街头带来了混乱，所有的女人在见到潘岳后都疯狂了：这不是我的心中偶像，这不是我的梦中情人吗？偷偷看，眉宇间英气凛凛，明眸中秋水寒潭，身高八尺，龙章凤姿。悄悄问，潘岳年几何？二十尚不足，十五颇有余。仔细瞧，青丝系马尾，黄金络马头，腰中鹿卢剑，可值千万余。这不就是传说中的高富帅吗？

潘岳被看得有些不好意思了，他面红耳热，眼神四处闪躲，力图逃出众人用眼睛编织的罗网。然而，他跑不了了！所有的女人互相手挽着手，围成偌大一个圈，将潘岳团团围住，一副请君入瓮的架势。女人们一个个眼含泪花，仿佛正在观赏昙花一现、稍纵即逝的流星雨。当时没有合影、签名的条件，如果有，潘岳粉丝们合影签名的盛况恐怕要空前壮观。女人们越来越多，摩肩接踵，大家挥汗如雨，争前恐后，都为一睹潘帅哥风采。这时的洛阳街道已经不是普通的大道，但见潘岳星光熠熠，耀眼夺目，各色人等云集于此，洛阳瞬间成为好莱坞，洛阳大道瞬间成为星光大道。

如上故事，《晋书》《世说新语》《语林》皆有载，但《晋书》《语林》还记载了一个更离谱的细节，实际情况是潘岳不仅仅被围观，而且还有多情的女子向潘岳车中投掷水果。“投我以木桃，报之以琼瑶”，她们用多情的水果诉说着衷肠，希望得到潘郎积极的回应，希望潘郎能够“报之以琼瑶”，“永以为好”。一时间，有这心思的竟不止一个，于是，在满天飞舞的果雨中，潘岳的车中堆满了各式水果。堆得太满了，有些水果干脆从堆顶滚落到地上，从地上又翻滚到驾车的骏马身旁，马儿打着响鼻儿，闻着空气中弥漫的水果芳香。此时的潘岳坐在果堆里，神色尴尬，仿佛刚刚参加完蟠桃盛会从天宫而返的孙大圣……

一传十，十传百，潘岳被围观的故事很快传遍了洛阳城。从此以后，估计他无论走到哪里都必须有保镖跟随了，否则很可能像今天的明星一样被人强吻或熊抱。潘岳当然不胜其扰，他很想摆脱这种生活，每天在别人目光的注视之下，哪里还有什么隐私可言？更何况还经常要面对女人的“调戏”和“骚扰”。做人难，做名人难，做个帅哥名人更难。然而，也有男人很羡慕潘岳的“艳遇”，潘岳的“桃花劫”对他们而言可遇而不可求，为什么潘岳眼里的“灾难”就不能降临在自己身上呢？他们心生羡慕，苦想良策，力图重新复制潘岳曾经创下的奇迹。

据《世说新语》记载，有个名叫左思的家伙真的这样去做了。他也刻意修饰了一番，也驾了一辆豪华的马车，手里也持了一柄弹弓，他甚至挥手向洛阳街头致意，他告诉人们，他就是那个写了《三都赋》，导致“洛阳纸贵”的左思。但无论他“宝马雕车香满路”，无论他如何摆弄弹弓，硬充倜傥不羁的王孙公子游侠儿，无论他如何唾沫横飞，大肆宣传自己的文才，可就是没人理他。他太丑了，一副驴头太子的模样，更何况还口齿不灵，介绍自己时不住口吃。谁能喜欢这样一个家伙呢？洛阳的女子从没指望找一个“青蛙王子”回家，更何况，街头耍宝的这位是一个永远也不可能变成王子的“青蛙”。

左思依然在街头卖力地表演着，太阳都开始打起了哈欠，但左思依然精力充沛，整条路上都是这个口吃才子喋喋不休、结结巴巴的自我演说。时间慢慢过去了，女人们慢慢愤怒了，一群老太太抛出了咸菜疙瘩、臭鸡蛋，另一群则贡献出了她们的口水。不好意思，这里不再有漫天的水果落入车内，只有到处飞舞的臭鸡蛋和口水。怪哉！左思与潘岳同样是才子，但享受待遇的差距怎么就这么大呢？左思狼狈而逃。回家的那天夜里，他梦见东施从远处而来，朦胧中，他看见东施捂着心口，西施在旁掩口而笑。

四

非常对决

《世说新语·识鉴》谢安东山畜妓故事（清咸丰萧山王氏养和堂刊本《於越先贤像传赞》·任熊绘）

清谈误国

——王夷甫与刘景升的大牛

王朝的覆灭有很多种理由，政权的兴废有许多解释。孟子曰："劳心者治人，劳力者治于人。"在中国人眼里，"人治"永远是中国政治的底色，"劳心者"是一个国家真正的中流砥柱，他们自身的品质如何，决定着一个国家的命运。所以，中国的史书在总结一个王朝灭亡的教训时，经常把罪责集中在某个上层人物身上，因而，在文字的记载中，历朝历代都有这样的"替罪羊"：

> **桓公入洛，过淮、泗，践北境，与诸僚属登平乘楼，眺瞩中原，慨然曰："遂使神州陆沈，百年丘墟，王夷甫诸人，不得不任其责！"袁虎率尔对曰："运自有废兴，岂必诸人之过？"桓公凛然作色，顾谓四坐曰："诸君颇闻刘景升不？有大牛重千斤，啖刍豆十倍于常牛，负重致远，曾不若一羸牸。魏武入荆州，烹以飨士卒，于时莫不称快。"意以况袁。四坐既骇，袁亦失色。**（《世说新语·轻诋》）

西晋灭亡于匈奴人石勒之手，晋室南迁之后，东晋一些将帅想要北伐收复中原，桓温就是其中的代表者。晋穆帝永和十二年

（356），桓温率军北伐，与姚襄战于伊水，大胜，遂至洛阳，凯旋途中经过淮水和泗水，一时间旌旗蔽空，舳舻千里。但见楼船扬帆，碧波千顷，使人顿生乘长风破万里浪的感慨。桓温登高凭栏，远眺中原故国，把酒临风，感极而悲者矣，西晋兴亡的历史陡然呈现于眼前。沧海横流，方显英雄本色，西晋故土的沦丧固然给桓温建功立业提供了难得的机缘，但历史的兴亡之感还是止不住地涌上心头。他义气凛然，指点江山，激扬文字，慨然道："使中原神州沦陷，成为百年丘墟，王夷甫（王衍）等人不能不承担这个责任！"江风阵阵，衣袂飘飞，正当英雄挥斥方遒之际，桓温身边的一位马仔袁虎不以为然地说道："国运废兴自有天意，难道一定是王夷甫诸人的过错吗？"当面给领导一个下不来台。

英雄得意须尽欢，桓温意在通过王夷甫沦丧晋土的事实来衬托自己收复中原的伟业，正说在兴头上，突然被人噎住喉咙，当真不爽！于是，桓温决定教训一下这个不识好歹的小跟班，他面露怒容，环顾四座道："诸位都听说过刘表的一件轶闻吗？此君养过一头大牛重逾千斤，吃起草料来，是普通牛的十倍，但载重远行，竟然不如一头瘦弱的母牛。后来魏武帝进入荆州，把它杀了犒赏士兵，当时没有人不叫好的。"《世说新语》记载说，桓温之言"意以况袁"，即用被杀的大牛来比况袁虎，当时的反应是"四坐既骇，袁亦失色"，袁虎差不多被吓得尿了裤子。

实际上，桓温的话哪里仅仅是"意以况袁"，这分明是以一个充满杀气的比喻，对魏晋历史上的清谈之辈做出了历史的审判。

王衍是这场审判的被告人。桓温提到的王夷甫（王衍），是清谈的鼻祖之一，号称西晋最致命的毒药。王衍属西晋琅邪王氏，是当时的名门望族，其人因神情明秀，风姿儒雅，在当时享有盛誉。王衍年少时曾经拜访"竹林七贤"之一的山涛，山涛见后慨叹良久，及其离去，山涛望着王衍远去的背影说："什么样的东西成精变成老太太，生了这样一个可人的人儿！”赞赏之余，拥有远见卓识的山涛在赞语后面又说了一句类似预言的话：“然而将来误尽苍生的人，未必不一定不是此人啊！”山涛的话一半是火焰，一半是海水，前面烈焰熊熊，极尽赞赏之能事，后半截却一瓢冷水，将王衍打入贻误众生的罪人之列，而王衍的一生似乎也正是按照这样的路径发展下去的。

王衍是西晋司徒王戎的弟弟，一次司马昭问王戎：“在当世的人中，谁能够和夷甫相媲美？”司马昭可能有意要封王衍为西晋“十大杰出青年”，所以故意通过他哥哥王戎传话。但不想王戎根本不理这茬儿，他语出惊人：“我目前还没找到能够和我弟弟相比的人，如果非要找，还是到古代的人堆儿里找找吧！”言外之意，王衍和尧、舜、禹估计有一拼。这属于典型的“顺杆往上爬”，属于典型的炒作行为，属于非故意型吹牛皮。这还不够，王衍的族弟王敦吹捧说：“王衍兄弟在众人当中一站，真好比珍珠落在瓦砾堆里。”鹤立鸡群的比喻太俗，无法衬托出王衍的出类拔萃，于是，王敦干脆说王衍是宝贝，其他人都是垃圾，这样对比就鲜明了。可见，王氏家族内部已经成立亲友团，开始专门为王衍造势。同时，王衍自己也在积极地替自己炒作，他开始的时候喜欢研究纵横之术，就是战国时期苏秦、张仪的那一套东西，但后来看到此举很不时尚，于是改弦更张，转而学习老庄之术，张口不论世事，唯满嘴玄谈而已。在他的周围也逐渐形成了一个谈玄的圈子，一干人等常常畅游洛水，谈玄论道，人们看到王衍手里拿着白玉柄的麈尾，还有那与白玉柄一样洁白纤细的皓腕玉指。

王衍名气既增，官位利禄也渐大。西晋选官并不考察实际才干，而只注重门第如何，“世胄蹑高位”已经成为一种风气，因而王衍一路平步青云，“八王之乱”时已经居宰辅高位。但他仍旧保留着名士范儿，虽居高位，但绝口不言政事，还是那个不食人间烟火的王神仙。然而，宰辅既是高位，手中自然有权力，有权力自然人人畏惧，常人若想获得宰辅的赏识，以获得晋升之阶，自然需要投其所好。王衍在当时被誉为“一世龙门”，可见其推荐升官的人不少，所谓“一登龙门，身价十倍”，基于这样的认识，谁能不巴结王衍，通过各种手段接近他呢？

于是，天下知识分子无人不习清谈，无人不读老庄，遂使天下士子心，不重儒学重玄谈。最后，西晋之人莫不空谈老庄，以明心见性之空言，代修己治人之实学，所谓“修身齐家治国平天下”的儒家“宝训”，成了当时的一句玩笑。全天下的人都在玩“玄”的东西，没有几个人干“实”事。人们心里清楚，大家都在弄“形而上”，你却独自搞“形而下”，这未免有点不靠谱。但问题在于，如果大家都搞“形而上”的风雅清谈，谁来负责“形而下”的实际事务呢？实际上，如果“清谈”仅仅是纯“知识分子”圈子里的沙龙聚会，这也没什么大不了，但要命的是古代知识分子大多学而优则仕，当官负责政务的不在少数，让这些清谈之辈来治理天下，西晋王朝的命运可想而知了。

东晋赌神

——桓温与袁彦道的豪赌

东晋之时，盛行一种叫作摴蒱的游戏，与今天的掷骰子类似。这游戏在当时极为盛行，许多东晋名人都曾参与其中：

> **温太真位未高时，屡与扬州、淮中估客摴蒱，与辄不竞。尝一过大输物，戏屈，无因得反。与庾亮善，于舫中大唤亮曰："卿可赎我？"庾即送直，然后得还。经此数四。**（《世说新语·任诞》）

温峤是东晋名臣，当其官位未高之时，屡次于秦淮河上和扬州、淮中的富商巨贾在船中摴蒱赌博。秦淮河位于东晋的首都建康，在历史上大名鼎鼎，是历朝著名的风月之地，更兼为赌博的天堂，相当于东晋的水上"拉斯维加斯"。每到夜晚，灯船十里，浓酒笙歌，无数商船昼夜往来河上，许多歌女寄身其中，轻歌曼舞，丝竹缥缈，朱自清在《桨声灯影里的秦淮河》一文中描绘得极为精彩。温峤是这里的常客，他当时的赌技有一个鲜明的特点，即逢赌必输。有一次温峤下了大赌注，很不幸的是，老兄又一次血本无归，且因巨额赌债被债主扣留。绝处逢生，恰巧他兄弟庾亮的船从赌船旁边经过，温峤隔船大声呼唤：“兄弟快来赎我！”庾亮立即送去赎金，债主才将温峤“无罪释放”。让人大跌眼镜的是，此兄屡教不改，类似的尴尬在温峤那里居然又重演了好多次。

这种“英雄救赌”的事件不仅仅发生在温峤身上，东晋名人桓温（桓宣武）也有一次相仿的经历，只不过情节更为曲折，内容更加精彩，而且一位东晋时代的“赌神”在故事中闪亮登场：

桓宣武少家贫，戏大输，债主敦求甚切，思自振之方，莫知所出。陈郡袁耽，俊迈多能，宣武欲求救于耽。耽时居艰，恐致疑，试以告焉，应声便许，略无慊吝。遂变服，怀布帽随温去，与债主戏。耽素有埶名，债主就局曰：“汝故当不办作袁彦道邪？”遂共戏。十万一掷，直上百万数。投马绝叫，傍若无人。探布帽掷对人曰：“汝竟识袁彦道不？”（《世说新语·任诞》）

赌博是热血游戏，玩的就是心跳，因而玩家中不乏年轻人的身影。桓温年少家贫，但这并不妨碍他豪赌，要命的是，桓温摴蒱的技术不高，一次赌博中输得倾家荡产，几乎只剩了一条裤衩。问题在于，什么债都可以欠，唯独赌债不能欠。债主明火执仗，找上门来。桓温东躲西藏，百思而不得解脱之法，绞尽脑汁之时，他的脑海里闪过一个人的影子，顿时，桓温的眼前一片光明。

让桓温眼前一亮的人名唤袁耽，字彦道，陈郡阳夏人，曾经做过历阳地区的太守，为人俊朗豪迈，关键时刻能为朋友两肋插刀，且身怀绝技，当然，他最为炉火纯青的绝技就是赌博。该人是桓温的死党：

袁彦道有二妹：一适殷渊源，一适谢仁祖。语桓宣

武云："恨不更有一人配卿！"（《世说新语·任诞》）

袁耽有两个妹妹，都分别嫁了人。魏晋名士皆好杯中之物，一次，估计是袁耽、桓温两个人都喝高了，所谓"酒后吐真言"，袁耽对这位铁哥们说："我真恨不得再有一个妹妹许配给你！"袁耽和桓温就好比一条直线上有两个距离非常近的点，但袁耽意欲将它们再拉近一些，直至两个点合为一个点。

特别值得指出的是，袁耽是东晋时代天字第一号的"赌神"，八方闻名，天下皆知，精研摴蒱之术，对赌技精益求精：

桓宣武与袁彦道摴蒱。袁彦道齿不合，遂厉色掷去五木。温太真云："见袁生迁怒，知颜子为贵。"（《世说新语·忿狷》）

桓温曾经和袁耽一起玩摴蒱戏，袁耽的博齿不合，就满脸怒气地把五个子全扔了出去。温峤在一旁打趣说："看到袁耽发怒，才知道颜回的可贵。"据传，孔子的弟子颜回"不迁怒，不贰过"，意思是说，颜回从不迁怒于人，同样的错误不犯第二次，这是圣贤才能拥有的品德。对魏晋名士来说，这完全不合拍，更何况号称"赌神"的袁耽当众出了丑呢？在袁耽的心里，就摴蒱而言，他认第二，没人敢认第一。对赌术颇为自负的他，不能容忍任何的失误，温峤的风凉话不知道有没有触怒"赌神"而招致一顿老拳。

言归正传，一件点滴小事足以反映袁耽赌技的超群，桓温心里明白，只要有赌神相助，即可保自身无虞。于是，他带着希望来到了袁耽门前，但事有不巧，袁耽正在居丧期间，这时候请其"出山"，难免有陷朋友于不孝之嫌。但桓温此时实在是没别的咒儿可念了，他吞吞吐吐、半遮半掩、若隐若现、扭扭捏捏、一脸无辜地将自己的困境告诉了袁耽，希望朋友能够拔刀相助。前文曾交代袁耽其人能为朋友两肋插刀，更准确地讲，能为朋友两肋插满了刀。于是，袁耽出手了！

袁耽展现出了魏晋风度中“通脱”的一面，他脱掉孝服，将孝帽揣在怀里，跟随桓温出征了。魏晋时期的名士大都有点出格，阮籍曾说：“礼岂为我辈设也？”公然在居丧期间食肉饮酒，视儒家礼教为无物。袁耽比阮籍更为激进，阮籍虽然食肉饮酒，但毕竟已将丧礼进行到底，但袁耽根本就没等到仪式完毕。而且，袁耽是带着快乐的心情出发的，当其接受桓温的邀请之时，居然大喊了一声：“快哉！”

到了赌场，债主见桓温带来了帮手，心下有些忌惮，但仍趾高气扬地对袁耽说：“你总不会是袁彦道吧？”这话的潜台词极其丰富，颇为耐人寻味。在债主的印象里，赌神是有身份的人，不会轻易在这种场合出现，因而，他与赌神遭遇的概率应该是极低的。但是，猜想很丰满，现实很残酷，赌神来了！但是，这个无知的债主有眼不识泰山，竟然不认识袁耽。我估计，当时袁耽一定为自己媒体曝光率的不足而感到了一种隐约的愤怒。

接下来，是观看表演的时刻。袁耽的赌注一次比一次更大，赌场的空气一次又一次凝结。赌神旁若无人，大声喊叫投出筹码。赌场的时间在流逝，桓温的债主经历了人生当中最最痛苦的事情：人活着，钱没了！赌神戏剧性地力挽狂澜，除去帮助桓温摆脱了债主的纠缠，还成功地带着百万资财离开现场。在袁耽离去的时刻，赌场所有的人们都在注视着这个横扫千军的家伙，不用说，那个倒霉的债主一定瞠目结舌地立在他的面前。

此时，袁耽是焦点人物，他提升曝光率的机会到了。他猛地掏出孝帽，一把掷在债主的脸上，大声喝问：“你真的不认识我袁彦道吗？”这时，人们才猛然意识到，赌神就在自己身边。

洛生咏

——谢安的制胜之道

372年，东晋简文帝司马昱驾崩，这位生前一直受权臣桓温操控的傀儡皇帝终于安详地闭上了眼睛。临终前，司马昱写了遗诏，要桓温依周公先例居摄政之职，更写："少子可辅者辅之，如不可，君自取之。"面对桓温的野心，此举几近让国。王坦之在司马昱面前亲手撕毁遗诏，面色严肃地说："晋室天下，是晋宣帝和晋元帝建立的，怎由得陛下你独断独行！"司马昱于是命王坦之改写遗诏，写道："家国事一禀大司马，如诸葛武侯、王丞相故事。"断绝了桓温禅让继承帝位的幻想。实际上，桓温也希望司马昱临终禅让帝位给自己，但王坦之改写后的遗诏令桓温大失所望。当时，谢安与桓温同为托孤的顾命大臣，但谢安与王坦之一道，形成了对桓温篡位的重要障碍，而年已六十的桓温再也无法忍受漫长的等待，决定设"鸿门宴"除掉王、谢，篡夺帝位：

> **桓公伏甲设馔，广延朝士，因此欲诛谢安、王坦之。王甚遽，问谢曰："当作何计？"谢神意不变，谓文度曰："晋祚存亡，在此一行。"相与俱前。王之恐状，转见于色。谢之宽容愈表于貌。望阶趋席，方作洛生咏，讽"浩浩洪流"。**

桓惮其旷远，乃趣解兵。王、谢旧齐名，于此始判优劣。（《世说新语·雅量》）

简文帝疾笃，温上疏荐安宜受顾命。及帝崩，温入赴山陵，止新亭，大陈兵卫，将移晋室，呼安及王坦之，欲于坐害之。坦之甚惧，问计于安。安神色不变，曰："晋祚存亡，在此一行。"既见温，坦之流汗沾衣，倒执手板。安从容就席，坐定，谓温曰："安闻诸侯有道，守在四邻，明公何须壁后置人邪？"温笑曰："正自不能不尔耳。"遂笑语移日。坦之与安初齐名，至是方知坦之之劣。（《晋书·谢安传》）

《世说新语》和《晋书》都记载了桓温摆设的这次"鸿门宴"，但叙述的侧重点不同，将二书合并细瞧，一些历史的细节会变得更为丰满。总体的事实是这样：为了除去谢安、王坦之，桓温于新亭（桓温屯兵之处）设宴，邀二人赴会，但桓温酒非好酒，宴非好宴，于宴席之上暗设甲兵，意欲除王谢而后快。王坦之心知是计，但迫于桓温的淫威又不得不赴宴，进退维谷之下，他找到谢安问应对之法。谢安面色从容，神意不变，对王坦之道："我东晋政权的存亡，就看这一次行动了。"

两人一起前往，王坦之的恐惧心理溢于言表，战战兢兢，汗流浃背，仓皇之际居然倒持手板而入，而谢安的神色反倒显得更为和悦了。谢安从容地走到座席上，坐定之后，宾主添酒把盏开筵，觥筹交错，表面上一派笑语欢歌，背后则暗藏杀机。当然，席间少不了吟诗助兴，这是魏晋名士的必备曲目。只见谢安慢慢站起，用"洛生咏"的重浊声调，咏诵嵇康"浩浩洪流"的诗句。谢安的声音似洪钟大吕，高亢绵远，时而如惊涛骇浪，汪洋恣肆，摧枯拉朽，遒劲如龙，不可遏止；时而如春江潮水，开窗而入，碧波万顷，上下天光，云影徘徊。

言为心声，这样的气魄，这样的雄浑，岂是一个懦弱畏死之徒所能拥有的心胸？桓温突然明白，谢安旷达高远的气度代表了一种不可战胜的力量，这种力量因为自身秉持的浩然正气，可以藐视一切，无往而不胜。一个谢安尚且如此，那么那些忠于晋朝王室的力量如果聚集在一起呢？桓温有些畏怯了！谢安看出了桓温的想法，同时他也听得宴席四周有甲兵的刀剑之声，于是他趁机对桓温说道："我听说古代诸侯如果有道，就会把守备的重心放在国土的四疆，明公盛德，今日怎么将守备的人放到了墙的后面？"桓温闻言大惭，兀自辩解道："您这样重要的人物来了，必须加强安全戒备，正是不能不如此啊！"说罢，桓温大笑，谢安也大笑，于是，一场危机被化解于无形，而王坦之的脸却早就变成了绿色。

此次"鸿门宴"上，谢安的"洛生咏"作为独门绝技大放异彩，那么"洛生咏"究竟有什么独特之处，谢安为什么选择它陪伴自己去制服不可一世的桓温呢？所谓"洛生咏"，指的是西晋中原洛阳书生的讽咏声，音色重浊。后东晋南迁，其士大夫多中原旧族，故盛行"洛生咏"，把它当成怀恋故土的乡音。中国古代诗歌可以入乐，故而重吟咏诵唱，非如今日仅仅朗诵而已。谢安是诗歌的爱好者，也是"洛生咏"吟咏方式的提倡者，他之所以喜爱"洛生咏"还有另外一重原因，原来谢安患有鼻炎，导致鼻腔阻塞，故其发声时可以形成口腔共鸣、鼻腔共鸣，其发声的生理条件天然优越，尤其适合重浊的"洛生咏"。我们可以想象，当谢安咏诵嵇康的"浩浩洪流"一诗时，其效果当与杨洪基演唱《滚滚长江东逝水》差不多，其音色、音质应该异常高亢、悲凉、慷慨、空旷、辽远和迷人。东晋时代，使用"洛生咏"吟诵诗歌的人不在少数，经谢安的推广，士人们普遍熟悉了"洛生咏"，纷纷以之为时尚：

王司州在谢公坐，咏“入不言兮出不辞，乘回风兮载云旗”，语人云：“当尔时，觉一坐无人。”（《世说新语·豪爽》）

《世说新语》记载，王司州（王胡之）曾有幸参与谢安家的宴会，席间用“洛生咏”朗诵《楚辞·少司命》中“入不言兮出不辞，乘回风兮载云旗”的句子，楚辞朗诵多用楚调，而楚调以悲凉慷慨为主，与“洛生咏”重浊的音色恰相匹配。吟咏之时，人入诗境，苍凉的音色四处回响，感觉自己就是慷慨激昂的壮士，全身被正气充满，所向披靡，目中岂有人哉！所以，王胡之后来回忆说：“当尔时，觉一坐无人。”原来，“洛生咏”可以产生豪情慷慨、正气凛然、万夫莫敌的英雄情怀，难怪当时谢安要以“洛生咏”作为表演的曲目了，现在想来，其目的有二：一则让自己豪情充沛，可使自己临危不惧；二则以“洛生咏”的正气震慑桓温，达到不战而屈人之兵的效果。

谢安因“洛生咏”一事，保全了东晋王室的政权，同时，“洛生咏”名扬天下，无人不学。但不是所有的人都是谢安，所以不少人在模仿“洛生咏”的时候，刻意捏住自己的鼻子来吟诵诗歌，其去谢安亦远矣！

豪门对决

——石崇与王恺的较量

豪门在生活上“不求最好，但求最贵”，对他们而言，生命的意义在于追求唯一性和独特性。“最贵”是一种手段，而非一种目的；“最贵”意味着“独一份”，意味着“非我莫属”，意味着“只此一家，别无分店”。倘若有人比我还贵，那么一定要不惜代价凌驾其上，达到“没有最贵，只有更贵”的终极境界。可以想象，一旦两个豪门相遇，那么他们的较量一定是动人心魄的：

> **王君夫以粭精澳釜，石季伦用蜡烛作炊。君夫作紫丝巾步障碧绫裹四十里，石崇作锦步障五十里以敌之。石以椒为泥，王以赤石脂泥壁。**（《世说新语·汰侈》）

此次较量的是西晋的两位豪门人物，其中一位名叫王恺，字君夫，是晋武帝司马炎的母舅，属于古代史书所说的外戚。此人本来没有什么特别的德行，但因其属于皇亲国戚，且在皇后贾南风诛除杨骏一事中搭了把手，于是获封为山都县公，食邑一千八百户。这就是说，在他统治的范围内，有一千八百户农民给他交租，锦衣玉食自然不在话下。但人的钱多了就往往喜欢“炫富”，王先生为了展示自己有钱，居然每天让人用饴和饭刷锅。“饴”就是用麦芽熬制成的糖浆，这东西在西晋时代已经不算奢侈品，据《史记·货殖列传》记载，至少在西汉，饴糖的食用已经十分普遍了，每逢年节，大街上到处都是叫卖糖浆的小贩，有不少人因此而发财。但要知道，饴糖是用小麦的麦芽熬制而成，其制作有如酿酒，使用的粮食多，得到的产品少，且贵族食用的“饴”都是用优质小麦发芽碾碎、熬煮而成，其价值自然不菲。但暴殄天物的王恺居然用饴糖和饭刷锅，简直是岂有此理！按常理，刷锅需要用水，但王恺视饴如水，用饴代水，其行为类似于今天以雀巢咖啡代替自来水洗碗。问题是水自井中而得，天之所赐，不需分文，而饴糖之酿，耗粮费工，需加珍惜。但王恺一副暴发户的心态，一心以“浪费”促进“消费”，以“消费”彰显富贵。

另一位富豪名叫石崇，字季伦。王恺与石崇是一对天生的冤家，看到王恺炫富，石崇顿生攀比之意，心中不甘示弱。为了展示威慑，石崇命令家奴用蜡烛烧火做饭。石崇生活的年代，蜡烛的身份高贵，不比今日蜡烛的白菜价，其时一根蜡烛与一根金条的价值相差不会太多。章太炎《检论·订礼俗》一文说：“汉初炷烛不过麻蒸，后汉之季始有蜡烛。”意思是说汉朝初年的时候不过以麻渍油为烛，真正的蜡烛一直到东汉末年才出现。要指出的是，即便蜡烛出现后，也不是普通人可以用得起的。所以，你可以想象，石崇燃烧成百上千根蜡烛做饭时是个什么架势，仆人在灶底拼命地烧蜡，石崇的提款机则在一旁不停地蹦字儿。

相比石崇，王恺用饴糖刷锅，是单纯的费力不讨好。试想，用黏稠的饴糖刷过的锅，今后如何使用？想必是表面用饴糖刷完一遍，背地里还需用水重刷吧？所以，王恺的“炫富”炫得笨拙，而石崇虽然也浪费不讨好，但在技术含量上确实比王恺高很多。总体而言，石崇“浪费”的蜡烛比王恺的饴糖价高，石崇的“消费理念”比王恺合理，因而，此轮较量石崇完胜王恺。

两人后来又有新的较量。王恺和石崇两个人都喜欢出游，按照那时的规矩，贵族富家出门要用步障遮住路的两侧，一则用以遮蔽风尘，有利于身体健康；二则遮蔽视线，不欲女眷被路人看见。步障一般用竹子制成，但王恺出行的步障则用紫丝制成，而且步障设置的行程居然有四十里之长。石崇为了超过王恺，也如法炮制，以锦缎作步障，但长度上就更胜一筹，居然达到了五十里。从距离上看，四十里、五十里的步障，有四五条长安街那么长。不知王、石二人花费了多少布料，用尽多少金银，使用了多少人力，才撑得起如此场面，可以想见，半个洛阳城的布料几乎售罄。这样夸张的浪费的确让人叹为观止，以致后来的沈从文都大大怀疑文献记载的可靠性。

"步障大战"之后，石崇继续以凌人的气焰雄踞于王恺头上。他用花椒为泥涂刷墙壁，以此来显示自己的独特地位。椒房不是普通人可以享用的，古代皇后所居住的地方一般才用花椒和泥涂壁，使屋内呈暖色，且散发芳香，兼取"多子"、子孙绵绵的象征意蕴。但是，石崇居住的椒房已经不是以花椒和泥，而是以花椒代泥，其奢侈程度更逾皇家。王恺也不甘示弱，他找来更为罕见，价格更贵的赤石脂来涂墙，从造价、色泽、感官和舒适度上，大大超越了石崇，终于扳回一局。

豪门的争斗永远没有尽头。两人争来斗去，结果还是石崇以二比一获胜，这时候王恺的皇帝外甥看不下去了，决心帮助舅舅挽回颜面。晋武帝经常接受周边国家的朝贡，宫中自然不缺稀世珍宝，其中尤其让他引以为傲的，是一株两尺高的珊瑚树，他把这株珊瑚树赠与舅舅王恺，作为战胜石崇的"必杀技"。王恺喜出望外，珊瑚树是海洋产品，中原内陆地区有钱也买不到，即便富有如石崇者也不可能拥有。于是，王先生乐颠颠地跑到石崇家，想给石崇来个

“意外惊喜”，但不想石崇连正眼都不曾看过，用手中的铁如意噼里啪啦将珊瑚树打个粉碎。

王恺乐极生悲，完全没有料到这场意外事件，一面痛哭流涕，一面上纲上线，厉声痛斥石崇的“暴行”，说他完全是心怀嫉妒才下此重手。但石崇呵呵一笑，道：“别心疼，马上还你一个惊喜。”说罢，手下人把石崇家里的珊瑚树全都抬了出来，其中六七株都在三四尺以上，光彩夺目，条干绝世，有古木之姿，至于像王恺带来的二流货色，简直遍地皆是。王恺但见满目珠光宝气，刚才愤怒之气全消，心中怅然若失，下巴一直在那里颤动……

能致天子

——郭璞的风水绝学

中国人非常相信风水，但他们可能不知道，堪舆学意义上的“风水”学实际上肇始于晋代。中国的晋代诞生了一位在风水文化史上集大成式的人物——郭璞，正是在郭璞那里，“风水”一词被正式提出。在晋代历史上，郭璞是一位非常具有神秘色彩的人物，一方面他是一代鸿儒，学问非常好，给《周易》、《山海经》和《尔雅》等书作过注，能写很好的文章，其诗赋号称晋代“中兴之冠”；另一方面，郭璞精通术数之学，通晓五行、天文、卜筮之术，禳灾转祸，救死扶伤，无不灵验：

> **（郭璞）抵将军赵固，会固所乘良马死，固惜之，不接宾客。璞至，门吏不为通。璞曰：“吾能活马。”吏惊入白固。固趋出，曰：“君能活吾马乎？”璞曰：“得健夫二三十人，皆持长竿，东行三十里，有丘林社庙者，便以竿打拍，当得一物，宜急持归。得此，马活矣。”固如其言，果得一物似猴，持归。此物见死马，便嘘吸其鼻。顷之马起，奋迅嘶鸣，食如常，不复见向物。固奇之，厚加资给。**（《晋书·郭璞传》）

西晋末年天下大乱，郭璞渡江逃难，抵达将军赵固处，适逢赵固骑的良马死了，赵固为之惋惜，不接待宾客。郭璞来到，门吏不为他通报。郭璞说："我能够使马复活。"门吏吃惊地进去禀告赵固。赵固疾步走出，说："你能让我的马复活吗?"郭璞说："需要让二三十位健壮的男子，都手持长竿，向东行走三十里，遇到丘林或祭坛祖庙，便用竿拍打，能够得到一种东西，取而迅速赶回。得到这种东西，死马便复活了。"赵固按照郭璞说的去做，果然得到一种似猴的动物。动物见到死马，在马鼻处嘘吸，顷刻马站立起来，奋蹄嘶鸣，进食如常，那个动物忽然不见了。赵固认为郭璞不凡，厚加赏赐。这就是传说中的"死马当活马医"的原始出处，郭璞缘何算得东行三十里外丘林祖庙处有一只神兽，我们无从得知，而且更为玄妙的是，那神兽居然将死马救活，随之身形不见，当真匪夷所思，若非神人，孰能为此绝技?

这里补充一句，郭璞的占卜、法术当然厉害，但郭璞最为人称道的，其实还是他的风水绝学：

> **郭景纯过江，居于暨阳，墓去水不盈百步，时人以为近水。景纯曰："将当为陆。"今沙涨，去墓数十里皆为桑田。其诗曰："北阜烈烈，巨海混混；垒垒三坟，唯母与昆。"**
> (《世说新语·术解》)

郭璞在西晋末，知天下将乱，便避乱过江，住在暨阳(今江苏江阴市境)，他母亲的坟墓离大江不足百步，当时有人认为离江太近了。景纯说："那里将会成为陆地。"现在泥沙已经增高了，离开坟墓几十里远的地方都变成了农田。郭景纯有诗为记："北阜烈烈，巨海混混；垒垒三坟，唯母与昆。"《晋书·郭璞传》说："璞以母忧去职，卜葬地于暨阳，去水百步许。"可见，郭璞对其母和家兄墓地的选择运用了他擅长的风水之学，那里北山险峻陡峭，大海波涛滚滚，依山傍水，占尽绝妙风水。最妙的是，郭璞所选墓地在当时人们的眼里具有极大的危险性，一旦大海涨潮扩张，墓地极有可能被淹没，但郭璞天生神算，在其身后墓地周围变成了农田，他似乎起初就预见到了后来的情况。

仰仗自己的风水绝学，郭璞有时也和人们开开玩笑。他知天知地，世间的一切也就无所谓秘密，没有秘密的世界不存在严肃的东西。在郭璞的理解里，既然人世间的一切都已是命定之数，那么人们就成为了被命运操纵的可笑玩偶，何妨与这些玩偶开开玩笑：

> **晋明帝解占冢宅，闻郭璞为人葬，帝微服往看，因问主人："何以葬龙角。此法当灭族！"主人曰"郭云：'此葬龙耳，不出三年，当致天子。'"帝问："为是出天子邪？"答曰："非出天子，能致天子问耳。"**（《世说新语·术解》）

可能是受郭璞的影响，晋明帝也学会了按风水选择坟地和宅基地。他听说郭璞为别人找了一块坟地，就换上便服去察看，又问墓地主人："为什么葬在龙角上？这种葬法将会灭族的！"主人说："郭璞说过，这是葬在龙耳上，不出三年，就会引来天子。"明帝问："是引来天子，还是出个天子呢？"主人回答说："不是出个天子，是能引得天子来问呀。"古代风水之学掺进了礼制的要素，人们认为有一些禁地是不能供给普通人作为丧葬之用的。晋明帝说的"龙角"是风水学术语，意指将死者埋葬在那里就能产生天子。古代统治者对于这样的地方很敏感，因为"龙角"一旦被占据，就可能出现新的真命天子，导致改朝换代，所以他们设置了灭族的严酷刑罚来阻止此类事情的发生。但晋明帝的风水之学还是不到家，居然将“龙耳”误认为“龙角”，差之毫厘，谬以千里，导致一场虚惊，你甚至可以想象晋明帝询问时紧张的神色。就这样，郭璞不动声色地导演了一场“御驾亲征”的风水闹剧。

时至今日，郭璞的声名依旧显赫，中国的风水之学仍以他为鼻祖，相反他的诗文词赋人们倒不是很重视。其实，世间哪有这样一位类似半仙的郭璞呢？郭璞灵异事迹的出现，不过呼应了中国人崇尚神灵的心理，而且历朝历代都有神道设教的政治伎俩，郭璞所充当的也不过是一种政治的工具而已。如若不信，你可以去翻翻《晋书》，那里记载了大量郭璞为晋朝帝王登位所作的预言和谶语。明乎此，郭璞的风水传奇大可以作为小说去观看，而不必信以为真，诸君以为何如？

五

凡俗魏晋

《世说新语·德行》阮裕焚车故事（清咸丰萧山王氏养和堂刊本《於越先贤像传赞》·任熊绘）

濠濮之想

——简文帝的休闲理念

简文入华林园，顾谓左右曰："会心处不必在远。翳然林水，便自有濠、濮间想也。觉鸟兽禽鱼，自来亲人。"
（《世说新语·言语》）

中国古人向往艺术化的生存，早就学会了将凝缩的自然——园林植入生活。中国的古典时期，是属于山水林泉的时代，不仅外在的自然环境优美，而且日常生活也从来不缺少园林的点缀。园林实现了人们的一个愿望，它让自然触手可及，使人们即便足不出户也可以享受到自然的妙趣——园林是中国古典时代的自然之梦。

《世说新语》里曾经记载了一则与皇家园林有关的故事，其中讲到一处皇家园林以其融山水林泉为一体的景观，引起了一位帝王发自内心的妙悟，由此产生了一段类似坐忘、心斋的玄言。故事是这样的：一个清晨，简文帝（司马昱）来到皇家园林华林园游览，迷人的景色让他不自觉沉浸其内，一路绿树叠翠，移步换景，峰回路转，群鸟嘤嘤成韵，水澹澹兮生烟。天渊池波光潋滟晴方好，接天莲叶无穷碧，映日荷花别样红，圆荷泻露，鱼跃成文。百果园万树桃李竞芳华，百般红紫斗芳菲，凤蝶翩跹舞华蕊，浅白深红，落英缤纷。流觞池曲水流觞集雅意，畅叙幽情寄此生，游目骋怀思不群，三月禊日，少长咸集，群贤毕至……极目远眺，但见飞阁相通，凌山跨谷，沙渚宫廷，宛若蓬莱，四围萍天苇地，翠羽丹霞，鳞甲异品，羽毛殊类，濯波浮浪，如似自然。沐浴着熙和的阳光，呼吸着沁人心脾的山间爽气，听着不绝于耳的鸟鸣，看着水中嬉戏的鱼儿，简文帝突然感觉到一种自由的快乐，这种快乐与帝王的身份无关，那是一种摆脱了一切束缚的心境，那是一种凡人才能拥有的快乐。

沉浸在自由心境中的简文帝，一人默默陶醉，脚步轻盈地缓缓向前，若不是身后陪侍大臣们对山水饱含赞叹的评点，简文帝几乎忽略了他们的存在。“久在樊笼里，复得返自然。”简文帝和他身后的大臣们，行走在山林里，摆脱了日常公务的羁绊，接受山水林泉的洗礼，心灵舒展而且自由，精神放松，面容可爱。又行走多时，园林之游行将结束，简文帝意犹未尽地转身对群臣说道：“令人重返自然、妙得天趣的地方不一定在远处，置身于幽静深邃的林木溪水间，就会让人产生庄周游戏濠水之上、垂钓濮水之间的遐想，油然感觉到鸟兽禽鱼，造化万物，主动来和人亲近。”简文帝没有说人对鱼鸟的亲切，而说鸟主动与人相亲，这是典型的移情心态，后世的辛弃疾说：“我见青山多妩媚，料青山，见我应如是。”鱼与青山岂有情哉？只不过是见鱼与山的人内心愉悦，转而将心态投射到鱼儿、青山上罢了！在简文帝那里，自然被赋予了人的感情，深深地人化了。人被自然所感召，与自然融为一体，奇妙地自然化了。自然的人化与人的自然化相向而生，回响着农业文明的诗性韵律，传达着自由的精神。

简文帝看到鱼鸟的时候，也想到了庄子，想到了庄子关于逍遥的阐述。《庄子》书中的两条鱼，一条生活在濠水，生活在庄子与惠施“子非鱼，安知鱼之乐”思辨的自由境界里；一条生活在濮水，生活在庄子与楚大夫"吾将曳尾于途中"对答的取舍之道内。庄子是自由的精灵，鱼是自由的象征，濠水、濮水是自由之水，自由、庄子、鱼、濠水和濮水混杂在一起，同体莫分。因而，简文帝关于濠水和濮水的遐想，其实就是人类内心对于自由的向往，对于美的祈求。

在简文帝看来，寄情山水，从大自然中获得快乐，保持天真率性的品质，进入自得其乐的佳境，惬意享受"会心"的乐趣，追寻自由的踪迹，不必舍近求远，美就在身边。魏晋士人强调真自然，强调自然的真趣，因而，园林向自然的回归难免被认为不伦不类。但简文帝的看法不同，园林固然是微缩的山水，与大自然的景观有着人工与天然的区分，但若心无挂碍，与自然不隔，尽心融入，享受自然之趣，又有何不可呢？"隔"与"不隔"，存乎一心，面对"伪自然"（园林）而能得"自然"之趣，不更能说明心灵修养的境界吗？《华严经》谓："一花一世界，一木一浮生，一草一天堂，一叶一如来，一砂一极乐，一方一净土，一笑一尘缘，一念一清静。"重要的不是外物的大小、多少、真伪，关键在于领悟的生命个体的心灵修养如何。如果领悟自然的心灵足够真诚，那么即便园林规模不如自然界的深山幽谷，即便园林离真实的自然景观尚有差距，也都不足以使人对自然领悟的程度打折扣。

华林园是简文帝的心灵栖息之地。在此，作为帝王，他可以暂离尘嚣，摆脱俗务，恢复常人本色，获得片刻的宁静，享受短暂的休闲。我猜想，简文帝钟爱华林园不是没有理由的。众所周知，简文帝是东晋历史上有名的傀儡帝王，在政治词汇里，"傀儡"意味着时刻受到控制，不得自由，意味着时刻有性命之虞，朝不保夕。所以，简文帝走进华林园，走进一片宁静的自由，实际是在给自己的心灵以一种自然的慰藉。历史总会告诉我们事实的另一面，简文帝在位只有二百五十天，大约八个月，其间朝政完全在桓温控制之下，他所称道的自然之乐最终也未能抵挡住政治压力对生命的蚕食。同时，简文帝没有料到，在他逝世之后，华林园同样成为了其子宣泄苦闷的舞台：

> **太元末，长星见，孝武心甚恶之。夜，华林园中饮酒，举杯属星云："长星，劝尔一杯酒，自古何时有万岁天子！"**
> （《世说新语·雅量》）

在《世说新语》的记载里，简文帝的儿子孝武帝司马曜在登基之初，见到彗星凌空划过，唯恐权臣废帝的故事重演，于是夜饮华林园，举起酒杯遥对彗星自我安慰说："长星，劝你一杯酒，自古以来何尝有万岁天子！"一语过后，华林园远处半江渔火，几声霜钟，孝武帝一声浩叹。时人以孝武帝为畅达，在《世说新语》中将之归入"雅量"一门，但殊不知其内心是如何的郁闷纠结。

我们不知道，简文帝当时一番对于自然的妙语，究竟在多大程度上舒缓了他内心的紧张疲惫之感。我们仅仅知道，东晋的一位帝王，在一个平常的日子里，面对着华林园，发出了一段妙绝千古的对自然的诗意品评；我们仅仅知道，曾经有那样一个阳光灿烂的日子，曾经有那样一个品悟自然的帝王，曾经有那样一片古典的山水园林……

真人东行

—— 名士的家庭聚会

陈太丘诣荀朗陵，贫俭无仆役，乃使元方将车，季方持杖后从，长文尚小，载著车中。既至，荀使叔慈应门，慈明行酒，余六龙下食。文若亦小，坐着膝前。于时太史奏："真人东行。"（《世说新语·德行》）

那是一个春天的早晨，鸟儿在枝头上嘤嘤乱鸣，阳光在池塘的浮萍间荡漾，陈寔和他的两个儿子早早地套上牛车，准备去看望老友荀淑。陈寔贫贱自守，德操高洁。因家中没有仆役，于是，他让大儿子元方驾车，二儿子季方手持几杖跟在车后，小孙子长文则坐在陈寔的膝上，一边摆弄着爷爷的白胡子，一边听着车轮的转动声，陈寔则纵声高笑，用手抚摸着孙子的头。牛车走得很慢，元方在车前偶尔几声吆喝，陈寔和孙子的身体在车内不住摇晃，季方在车后也勉强能跟上，四人不紧不慢地前行。一路上，子孙三代人有说有笑，看山看水看云，"道由白云尽，春与青溪长"，长路逶迤，溪水曲折，沿途绿柳如茵，野花在山野间点缀，风儿在空谷间清唱，天地间春色无边。

大约在日暮时分，陈寔四人到达了荀淑的茅舍。茅舍的柴门前，狗儿不住地狂吠，注视着远方来的陌生人。荀淑在屋内听得狗吠声，知道是老友到了，因为自己行动缓慢，于是他连忙催促三儿子叔慈出门迎客。叔慈迎至门前，叫住狂吠的狗儿，向父亲的老友拱手问候，说罢俯首引路，将四人让进屋内。见面后，陈寔与荀淑一番寒暄，目视着对方两鬓斑斑白发，各自大笑感叹，岁月不饶人，当年意气风发的少年，如今已经是步履蹒跚的扶杖老者。然而，他们的子孙都已经长大，身体、精神和意志上都隐约带着他们的模样。两位老者在他们之间一一引见，年轻人惊喜于初次相见，忙起身拱手，彼此殷勤问候。而陈寔的孙子长文和荀淑的孙子文若则避开大人，早在一旁快乐地玩耍起来，不时发出银铃一样的笑声。

天色渐渐发黑，茅舍内油灯一盏，发出昏黄的光亮。荀淑的儿媳们从园中剪下一把翠绿的春韭，从栏中抓出一只咕咕鸣叫的母鸡，从米缸中舀起一瓢金黄的黍子。茅舍屋顶炊烟袅袅，屋内厨房的干柴噼啪作响，热气蒸腾。转眼间，一桌朴素的乡间饭食就准备好了。荀淑坐于桌旁，命第六子慈明斟酒劝饮，其他七个儿子上菜。慈明举杯频频，宾主间觥筹交错，品书论文，笑语欢声。荀淑的孙子文若看得有趣，走到爷爷面前，突然一屁股坐在爷爷膝上，坐好之后一看，对面陈寔的孙子长文正对他做着鬼脸……

陈寔和荀淑可能不知道，他们两个家庭间的聚会竟然惊动了汉灵帝。那天晚上，两位名士和他们的儿孙雅兴正高，恰好一位太史也在洛阳的观象台上仰头观星，发现东方奎宿群星相聚，见此奇观，他匆忙向汉灵帝禀奏："德星聚，五百里内贤人聚。"天兆吉祥，汉灵帝急忙派人查考，才得知是颍川境内的陈、荀两家在颍阴聚会。然而，陈、荀两家何德何能，竟然惊动了上天和东汉的天子呢？

东汉至魏晋时期，颍川地区可以说是中原最有影响力的文化圈。颍川地处河南，河南古称中原，居天下之中，而颍川则是中原之中，物华天宝，人杰地灵。魏武帝曹操曾说："汝颍固多奇士。"颍川地区世世代代人才辈出。东汉末年，以陈氏、荀氏等家族为代表，颍川形成了一个庞大的士人集团。当时，陈寔、荀淑与同邑钟皓、韩韶等以清高有德行闻名于世，合称为"颍川四长"。陈寔与其子陈纪（元方）、陈谌（季方）并著高名，时号"三君"，而荀淑足下八子，皆有令德，时人称为"荀氏八龙"。同声相应，同气相求，有德者必有邻，这些士人彼此间互相往来，探讨学问，砥砺德行。而陈寔与荀淑之间的家庭聚会，不过是众多名人聚会故事中的一个。

不管这故事是真是假，至少说明了陈、荀两家在魏晋士人心目中的崇高地位。再说那一次聚会，也的确可以说是德星聚会，其中人物俱称名后世，就连荀淑那个淘气的小孙子，后来居然也成为了曹操的第一谋士，他的名字叫作荀彧。

后人在读到《世说新语》的这段文字时，多半会被其中人物的大名所震慑，慨叹于连上天和东汉皇帝都对此次聚会予以高度关注。但在我看来，其中人物如何大名鼎鼎倒不必过分关注，如果论文人盛事，有哪一次聚会能够超过王羲之的兰亭雅集呢？实际上，在阅读中，我更关注的却是陈、荀两位名士和他们的儿孙们在日常生活中洋溢出的生活情趣。老人含饴弄孙，年轻人无半点名士的矫情做作，驾车的驾车，持杖的持杖，迎客的迎客，端菜的端菜，老友相见，情谊融融，自有人间的一段和谐天趣，自然、朴素中带有一种温馨的美好。每读到此处，我的心里就会由衷地升起一股温暖，不禁会想起杜甫《赠卫八处士》所描绘的场景：

人生不相见，动如参与商。今夕复何夕，共此灯烛光。少壮能几时，鬓发各已苍。访旧半为鬼，惊呼热中肠。焉

知二十载，重上君子堂。昔别君未婚，儿女忽成行。怡然敬父执，问我来何方。问答未及已，儿女罗酒浆。夜雨剪春韭，新炊间黄粱。主称会面难，一举累十觞。十觞亦不醉，感子故意长。明日隔山岳，世事两茫茫。

陈寔、荀淑生活在汉代，杜甫生活在唐代，时空虽然相隔遥远，但他们对待朋友的情谊却都是一样的朴素真诚。《世说新语》虽然多描写名士的奇言异行，但对名士们的日常生活之美和人性之美也给予了充分的关注，此则故事中的陈寔和荀淑，要远比他们在正史中严肃方正的形象可爱。

舌尖上的魏晋

——美食家是怎样练成的

中华民族是一个味觉特别发达的民族，自古至今，创造了无数美食来满足自己的饕餮之欲。因而，有人便称中国为“舌尖上的中国”，意谓中国人味蕾发达，特别讲究美食，中国是美食的国度。老实说，“舌尖上的中国”这种说法并不完全准确，历史地看，对普通百姓而言，人们能吃饱肚子的朝代并不是很多，吃饱肚子尚不可得，何来“舌尖”的奢望？在多数情况下，“舌尖上的中国”所能代表的中国人不过是一小部分，中国历史上只有少数的达官显贵、巨富王侯才有满足“舌尖”欲望的机会。人们常说三代才出贵族，第一代大口吃肉，第二代矜持地喝汤，第三代高雅地品味、闻香。到达“舌尖”品味的贵族，很显然已经超越了“果腹”的初级阶段。在“舌尖”阶段，“吃”什么当然很重要，但更重要的是能“品”出什么，味觉的敏感与否成了人们比拼的重要指标：

荀勖在晋武帝坐食笋进饭，谓在坐人曰：“此是劳薪炊也。”坐者未信，密遣问之，实用故车脚。（《世说新语·术解》）

《世说新语》记载，荀勖曾经在晋武帝（司马炎）席间以竹笋下饭，吃了一口之后，便对席间其他人说："这笋是用劳薪烧制的。"所谓"劳薪"，指的是用车轴、车轮劈成的烧柴，因其昼夜运转不息，故曰"劳薪"。按常理说，吃菜品味能说出其妙处，已属难能可贵，但荀勖居然能辨出烧菜所用之柴，真是令人叹为观止，实属旷世奇谈。席间在座的人们多以为荀勖是在故作惊人之语，以此哗众取宠。于是有人偷偷地派人去问烧菜的师傅，一番询问之下，证实所用的确是旧车轮制成的烧柴。可以想象，当时人们是如何瞠目结舌了。要知道，荀勖参加的是帝王级别的宴会，赴宴诸人哪个不是海陆空尽吃遍的豪门权贵，味觉个个都超级敏锐，都是名副其实的美食家，但他们中间谁也没有荀勖这一手，"强中更有强中手"，高手之间差距有时候可能就是一根头发丝的事，荀勖就高出了众人那么一点点，便让众人自惭形秽了。

从舌尖上的功力来讲，荀勖已经是高手，但东晋时代有一人的功力似乎还要高出荀勖一筹，此人名叫苻朗，是前秦苻坚的侄子，在品味美食方面尤称卓绝，《晋书》记载说：

> **（苻朗）又善识味，咸酢及肉皆别所由。会稽王司马道子为朗设盛馔，极江左精肴。食讫，问曰："关中之食孰若此？"答曰："皆好，惟盐味小生耳。"既问宰夫，皆如其言。或人杀鸡以食之，既进，朗曰："此鸡栖恒半露。"检之，皆验。又食鹅肉，知黑白之处。人不信，记而试之，无毫厘之差。时人咸以为知味。**

苻坚在淝水之战中被谢安打败，于是苻朗归降了东晋，被司马氏加封为员外散骑侍郎，恩宠有加。此君原来就是王室子弟，被苻坚称为"吾家之千里驹"，对之极尽宠爱，所以苻朗的生活一直非常讲究，这一点在饮食方面体现得尤其明显。《晋书》记载，苻朗善于识味，咸酸味道以及各种肉类能分辨得非常精妙。会稽王司马道子有一次专门为苻朗设宴，为了显示自己的诚意，同时也因为知道苻朗的舌尖专长，所以司马道子几乎将江南的美食全都摆在了宴席上。酒过三巡菜过五味，司马道子坏坏地问道："关中的菜肴比起江南的美食怎样？"苻朗话里有话地说道："都挺好，但是今天菜品的盐味没有十分进去。"后来问了一下厨子，真的像他所说的一样。一次又有人请苻朗吃鸡，他品尝以后，对主人说："这只鸡栖息的时候，身体经常有一半露天。"找人问了一下，果然如此。又传说他吃鹅肉，吃过之后能知道鹅身哪里是黑色羽毛哪里是白色的羽毛。人们不信，在鹅身上做下标记去试他，结果毫厘不差。凭借这几样绝活，苻朗被称为东晋的"食神"应该是当之无愧的！

晋室权贵追求舌尖的快感，但这种快感到了极致就变成一种奢侈，甚至是一种罪恶和不人道的行为。在他们那里，舌尖的快乐有时就成了一种变态行为：

> **武帝尝降王武子家，武子供馔，并用琉璃器。婢子百余人，皆绫罗绔褶，以手擎饮食。蒸㹠肥美，异于常味。帝怪而问之。答曰："以人乳饮㹠。"帝甚不平，食未毕，便去。王、石所未知作。**（《世说新语·汰侈》）

晋武帝（司马炎）曾经到王武子（王济）家，王济摆宴席宴请最高统治者，所有食物都用玻璃器皿盛装，非但有美食，亦有美器。婢女一百多人，都身穿绫罗绸缎，用手举着饮食，一切全都是皇帝宴会的规格。席间有一道整乳猪味道鲜美，与通常味道不同。皇帝什么没吃过，什么味道没尝过，但今天这道乳猪实在是让他开了眼界。武帝觉得奇怪，就问王济其中的缘故，王济得意洋洋地答道："回禀陛下，这是用人乳喂养的小猪。"武帝听后，一方面觉得自己的帝王之尊受到了臣下的挑战，堂堂天子之家的美食竟然比不过一个臣子；另一方面，武帝觉得王武子多少有些变态，为了"舌尖"而无所不用其极，以人乳喂猪更是有悖人道。于是，晋武帝愤怒了，他撇下筷子，饭还没有吃完就拂袖而去……

美国学者孙隆基在其《中国文化的深层结构》中曾指出中国文化特点之一就是"口腔文化"，中国学者李波在《中国食文化批判》中说"中国口腔文化对味觉片面强调"。我不是文化研究方面的专门学者，也不是美食方面的专家，但对照魏晋时代人们对舌尖快感追求的诸多逸事，学者们的话似乎的确有几分道理。

墙里墙外

——韩寿的终身大事

男女自由恋爱的故事，每个朝代都会上演。后来，经过人们艺术化的总结，这种自由恋爱的模式被《西厢记》经典化。艺术来源于生活，《西厢记》也还是来源于人们对古代男女自由恋爱的艺术概括。实际上，《西厢记》之所以是经典，就是因为《西厢记》中的故事情节在男女自由恋爱的过程中不断地上演着：

韩寿美姿容，贾充辟以为掾。充每聚会，贾女于青琐中看，见寿，说之，恒怀存想，发于吟咏。后婢往寿家，具述如此，并言女光丽。寿闻之心动，遂请婢潜修音问。及期往宿。寿跷捷绝人，逾墙而入，家中莫知。自是充觉女盛自拂拭，说畅有异于常。后会诸吏，闻寿有奇香之气，是外国所贡，一着人则历月不歇。充计武帝唯赐己及陈骞，余家无此香，疑寿与女通，而垣墙重密，门阁急峻，何由得尔。乃托言有盗，令人修墙。使反，曰："其余无异，唯东北角如有人迹，而墙高非人所逾。"充乃取女左右婢考问。即以状对。充秘之，以女妻寿。（《世说新语·惑溺》）

这是一段魏晋版的《西厢记》。故事中的“张生”名叫韩寿，因其容貌俊美，被当时位高权重的西晋开国元勋贾充征召为属官。故事中的“崔莺莺”是贾充的女儿。话说贾充家里经常举行宴会，而每次宴会时，他的女儿就会在窗格中观看厅堂中来往的人。一次她惊鸿一瞥，看到了韩寿，瞬间就产生了触电般的感觉，她认定韩寿就是自己生命中一直在等待的那个人。从那以后，她经常思念眷恋，并把感情抒发在诗文吟咏中，正所谓“春心莫共花争发，一寸相思一寸灰”。眼看小姐逐渐害上了相思病，贾充女儿身边的丫鬟坐不住了。我们不知道这位“红娘”姓甚名谁，但她终于履行了“红娘”的使命。她来到韩寿家，把小姐的情意都说了，并说小姐长得如何光艳美丽。韩寿听了很动心，于是请婢女密传音信，约定时间与小姐共度春宵。

但是，贾充府上是何等人家，每到晚上，围墙高耸严密，门户紧严，常人是难以进出的。好在韩寿不光容貌俊朗，而且身体也矫健过人，弹跳能力极佳，所以他每天晚上都能轻易出入贾府，却无人知晓。日久天长，贾充发现女儿有了一个显著的变化，女儿开始极力打扮自己，整日花枝招展，喜悦舒畅的眼神流光溢彩。后来又是贾府的一次聚会，人们在韩寿身上也发现了一件非同寻常的东西，每逢这位帅哥从人群中走过，都会飘过一种沁人心脾的异香。熟悉这种香味的人都知道，那是一种国外进贡的香料，一旦弄到人身上，香味几个月不退。韩寿是从哪里弄来的这种稀罕物呢？

贾充也意识到韩寿身上香味的非同寻常，他脑子里仔细盘算一番，算来算去晋武帝只把这种香料赏赐过自己和陈骞，别人家里根本不可能有这种香料，而韩寿只不过是一个小“公务员”，他的香料自何而得呢？他突然想到，自己的女儿也是用这种香料的，而韩寿又是在自己府上工作的，将二者联系在一起，贾充开始怀疑，是不是自己的女儿与韩寿私通了呢？但自己家里门墙甚高，且夜间门户紧闭，韩寿怎么可能进来呢？不行，私通可是败坏门楣的大事，必须严查。于是贾充借口家里有盗贼，派人去检修围墙，派去的人经过一番巡查，回来报告说：“别的地方倒没有发现什么异常，只有东北角好像有人翻墙的痕迹。但墙那么高，不是人所能翻越的！”

听罢此言，贾充的心突然凉了下来，心里暗暗地对检修的人说：“你们知道个屁！”他很早就知道韩寿有神奇的弹跳能力，作为下属，韩寿焉能不在上级面前表现自己，弹跳能力就是他的本钱。然而，他没有料到，他偶尔的吹嘘竟成了自己重要的“犯罪”证据。但贾充不肯接受自己女儿私通韩寿的事实，自己的女儿自小家教良好，男女之防还是懂得的吧？父母之命，媒妁之言，她还是知道的吧？他气急败坏地抓来女儿和身边的婢女严加拷问，“拷红”的戏码上演完毕，婢女忍受不住责罚，最终交代了实情。此刻，贾充的女儿在一旁羞愧地低下了头，而贾充突然一声断喝：“孽障……”

贾充气愤至极，但生米已经煮成熟饭，女儿已经是韩寿的人，这已经是一个无法改变的事实。“归来倚杖自叹息”，贾充自叹家门不幸，出此不肖之女。但问题是，接下来怎么办？将女儿逐出家门吗？但那样丢丑丢得更彻底。将韩寿绳之以法吗？但明明是自己的女儿主动投怀送抱。贾充在快速地思考，百思不得良策，他最终为自己确立了一个原则：家丑不可外扬，隐忍为上。于是，他将女儿和韩寿的丑事秘而不宣，招韩寿为婿，将女儿风光地嫁了出去。贾充知道自己吃了个哑巴亏，那时的婚礼讲究门当户对，而韩寿并不是什么高门子弟，他有什么能耐与自己的女儿迈入婚姻的殿堂？自己的大女儿贾南风嫁给了太子，光耀了门楣，本指望小女儿也能钓到金龟婿，但不承想被癞蛤蟆吃了天鹅肉。韩寿与女儿的结合，明眼人一看就知道是怎么回事，真真羞煞人也！说不得也！在韩寿与贾充女儿大婚的当天，贾充一脸纠结，强颜欢笑，用眼神将韩寿杀死了不止一千次……

韩寿的故事对贾充来说是一出悲剧，但就韩寿自身而言则是一出喜剧，这是庶民的胜利，这是自由的象征，这是爱情的宣言。后世的文人们对韩寿的故事无比向往，唐代李商隐赋诗说："贾氏窥帘韩掾少，宓妃留枕魏王才。"将韩寿的故事与宓妃事迹相提并论，可见其推重之意。在后世，人们大多愿意去提一提韩寿这个中国的爱情王子，可有谁愿意去说那个顽固不化、阻挡爱情的贾充呢？毕竟，自由永远是美好的，爱情永远是美好的！

魏晋葛朗台

——吝啬的王戎

吝啬并非美德，有人却以此成名。法国作家巴尔扎克在《人间喜剧》里出色地塑造了老吝啬鬼葛朗台的形象。他贪婪、狡黠、吝啬，金钱是他唯一的崇拜，独自观摩金子是他唯一的癖好。为钱可六亲不认，苛待妻女；兄弟破产，无动于衷；侄儿哀求，置之不理。吝啬、拜金主义往往与阶级无涉，更多地与人性有关。换言之，在任何一个时代，任何一个国度，任何一个阶级，都有可能诞生葛朗台式的人物，《世说新语·俭啬》有两则记载：

王戎女适裴頠，贷钱数万。女归，戎色不说，女遽还钱，乃释然。

王戎俭吝，其从子婚，与一单衣，疏更责之。

这里讲述的是两则魏晋版“葛朗台”的故事，主角是“竹林七贤”之一的王戎。有趣的是，两则故事都与结婚有关。一则故事说，王戎的女儿嫁给了当时的才俊裴頠，因新婚不久，家庭用度上不是很宽裕，于是，女儿向王戎借了数万钱，长期没有归还。后来，女儿回家归省，本期望父母对自己一番慰藉，但不想父亲王戎面带愠色，一脸纠结。女儿沉思良久，未觉有什么举动招致父亲不悦，忽忆从父亲处借钱久未归还，心下了然，于是下了血本，借了高利贷，咬牙还了这笔钱。见到钱后，王戎笑逐颜开，和颜悦色，顿改前日不悦之容。从此后，堂前庭上，星星还是那个星星，月亮还是那个月亮，女儿还是那个女儿，父亲还是那个父亲，其乐融融，一片和谐。另外一则故事讲的是王戎侄子的婚事。王戎的侄子结婚，按照常理，作为叔叔的王戎总要拿出点像样的贺礼吧！但让人大跌眼镜的是，在新婚当日，王戎带给侄儿的贺礼竟然是一件单衣。这还不算，在侄子完婚之后，王戎当即命人到侄子府上索要当日赠送的"新婚贺礼"。在王戎看来，结婚的"大戏"已经唱完，"道具"（单衣）当然要重新入库，没收"租金"已然算是客气，礼"单"情更"薄"。这就好比今日的婚纱摄影照，小两口摆两个恩爱的姿势，闪光灯咔嚓咔嚓几下，留住幸福的光影也就可以了，至于想把婚纱一并带走，那恐怕是一种奢望。

对比一下中西的两位吝啬鬼，王戎对待女儿和侄子的方式，与葛朗台简直如出一辙。不妨设想一下，两个老吝啬鬼如果坐在一起会发生什么情况？会不会开展一场跨文化对话，谈一谈如何省钱的心得？当然，他们也有可能一起玩数钱的游戏：

> **司徒王戎既贵且富，区宅、僮牧，膏田水碓之属，洛下无比。契疏鞅掌，每与夫人烛下散筹算计。**（《世说新语·俭啬》）

世传王戎有数钱的癖好。在史书的记载里，王戎既富且贵，不仅官至司徒，而且富甲天下：他名下豪宅遍天下，是名副其实的"房叔"；府中负责内务的仆人和野外从事放牧的劳动力，更是数不胜数；洛阳城外，良田千顷，王戎三分有其二；江河之侧，王司徒的水车磨盘林立，稻米流脂，垄断了洛阳城的“轻工业”。在经营实业的同时，王戎也从事“债券”业务，家中地契之类的东西积箧盈箱，每年都给他带来数不清的利润。家里有这么多钱，数钱都会数到手抽筋，但王戎乐此不疲，每日里与妻子在油灯下重复简单而枯燥的加减法，一定算一算家中的产业到底增值了几成。所以，一到晚上，王戎家里的窗格上就会显现出一对老年夫妇的黑色剪影，他们不是“背靠着背坐在地毯上，听听音乐，聊聊愿望”，而是在铜臭味中，拿着象牙算筹，不知疲倦地从事着单调的劳动：1+2=3，4+5=9……

王戎虽然有这样多的钱财，但是他无论如何不肯将钱财用在消费上，对家人甚至自己都极端刻薄，以至于让外人产生疑惑：这家人是怎么靠微薄的物质供给活下去的？人们议论纷纷，都认为王戎在钱财上患了“不治之症”，并因之贬低他台辅的名望：

> **戎性至俭，不能自奉养，财不出外，天下人谓为“膏肓之疾”。**（王隐《晋书》）
>
> **戎性简要，不治仪望，自遇甚薄，而产业过丰，论者以为台辅之望不重。**（《晋诸公赞》）

所谓“至俭”“简要”是为尊者讳的说法，“不能自奉养”“自遇甚薄”是说其自虐式的生活方式，“膏肓之疾”“台辅之望不重”是说其为钱所累以致名望受损，几处记载从本质上道出了王戎吝啬的生活本相。由此可见，王戎的吝啬有目共睹，只此一事，便足以使其为天下人所不耻。南朝人颜延之作《五君咏》，以嵇康、阮籍、刘伶、阮咸、向秀五人各成一诗，弃山涛、王戎二人不取。其中，王戎被抛弃的原因之一就是其吝啬。但也有人试图为王戎翻案，认为他的吝啬实际是一种“自晦”之举，东晋戴逵即认为，王戎身在危难乱世之际，故作吝啬，以求免忧去祸，是明哲保身的策略。

戴逵所言有一定道理，王戎早岁身历魏晋易代，晚年遭逢八王之乱，二者都是中国历史上最黑暗的时期。而且，王氏家族是当时的“簪缨世家”，其家族从曹魏至西晋，从西晋至东晋，绵延近二百年，一直处于权力核心阶层，是当时政治领域不能忽视的一支力量。他和他的家族，摆脱不了与政治的干系，与权力斗争的干系。西晋初年，便有“二王当国”之说，所谓“二王”，就是指王戎和他的族弟王衍。既然王戎如此重要，那么各种政治力量当然要对之竭力拉拢，但在那个“城头变幻大王旗”的年代里，投入一方的怀抱，就意味着成为另外一方的敌人，时刻身处险地。这是为王戎所不取的，他更倾向于乱世存身之道，而非舍生取义的儒家圣训。于是，《晋书》记载他选择春秋蘧伯玉的“与时舒卷”之道：

戎以晋室方乱，慕蘧伯玉之为人，与时舒卷，无蹇谔之节。

戴逵的一家之言不一定可信，今人余嘉锡先生就认为，王戎天性鄙吝，戴逵所言，乃是出于“名士相为护惜”，“阿私所好，非公论也”（《世说新语笺疏》）。但是，若考虑王戎早年丧父时，因辞谢故人的礼金而成名，八王之乱中，郏县县令华谭抚恤百姓，王戎“闻而善之”，“出谷三百斛以助之”，两宗事实都与《世说新语》中吝啬的帽子不尽符合。因而，以事实为依据，我更倾向于戴逵的说法，对余嘉锡先生的驳论持保留态度。在常人看来，“竹林七贤”之中，王戎的人格可能是最复杂的，早期和后期的王戎差别之大，令人咋舌，但殊不知，政治家的品行有时是不能以常理来揣度的，王戎的“吝啬”应该有异常浓重的政治味道。

六

昨日重现

《世说新语·言语》谢道韫咏絮故事（清咸丰萧山王氏养和堂刊本《於越先贤像传赞》·任熊绘）

木犹如此，人何以堪

——枭雄的生命之叹

每个人的心灵都有最柔软的一部分，每个人的心灵天生都能吐露诗性的言语。一般而言，在人类灵魂坚硬的外壳下，那最柔软的部分通常深深隐藏，在人们日常生活的遮蔽中，诗性的言语失去了表露的能力。然而，有这样一些时候，人心灵中最柔软的部分被轻轻触动，某种事物完完全全地在人心中充满，人突然感觉到被一种非同寻常的东西所攫取。在这样的瞬间，原始的诗性言语自远方而来，紧紧抓住我们，我们被迫发出言语，那言语没有任何技巧，却胜过任何经过修饰的言语：

> **桓公北征经金城，见前为琅邪时种柳，皆已十围，慨然曰："木犹如此，人何以堪。"攀枝执条，泫然流泪。**（《世说新语·言语》）

"木犹如此，人何以堪"，桓温短短的八个字，感动了后来无数读到它的人。东晋太和四年（369），东晋权臣桓温自金陵门户姑孰城（今安徽当涂县）发兵广陵，开始了第三次北伐，途中经过金城（今江苏句容县北）。金城是桓温曾任琅邪内史之地，那时的他刚刚三十岁，年方鼎盛，意气豪迈，自觉世间无不能为之事。此后的三十年间，他灭成汉一战成名，两次北伐名重天下，权倾朝野，“挟震主之威，蓄无君之志”。在他年近六十之时，为了树立更高的威望，同时也为自己篡位积攒更丰厚的本钱，毅然发动了第三次北伐。北伐途中，他经过金城故地，目睹自己三十年前种下的纤细垂柳，转眼已经有十围粗了，但见枝条参差披拂，亭亭如盖矣。一种岁月的震撼突然之间击中了桓温，从一棵纤纤细柳到一株十围之树需要多少时间？从壮怀激烈的中年到两鬓染霜的垂暮需要历经多少时日？桓温一生纵横叱咤，戎马倥偬，认为自己精力无限，可眼前的一株柳树突然就让他认识到了岁月的无情：英雄壮士可以征战南北，横行天下，却征服不了时间。因而，桓温攀枝执条，览树木之葱茏，感时伤怀，感叹时不我与，天命之不可违也！他不禁凄然道：“木犹如此，人何以堪！”（树木的变化尚且如此，人怎么耐得住岁月的流逝呢？）一边说，一边流下滚烫的热泪。

桓温凄美深情的悲慨感人至深，一种宇宙意识和生命本体思索洋溢在“木犹如此，人何以堪”八个字内。人们常说魏晋是文学自觉的时代，但殊不知文学自觉的前提是人生命意识的自觉，桓温的感叹恰恰反映这一点。人们可能没有意识到，魏晋时代的清谈所哺育的不仅仅是一批清谈的名士，还有那个时代人们艺术和哲思的心灵。在那个时代，自然界的变化，往往能激起人们灵魂的共鸣，唤起人关于生命的思考。对于自然的生命思考是那个时代普遍的文化语境。所以，同样是面对一棵树，魏文帝曹丕说：“在予年之二七，植斯柳乎中庭。始围寸而高尺，今连拱而九成。”（《柳赋》）东晋的殷仲文也说出了“此树婆娑，无复生意”（《晋书》）的名言，因而桓温的感叹绝非个案。桓温是一介武夫，然而生命的内在感动，思考生命的文化氛围，还是促使他说出了那个卓绝千古的名句。“情深而文明”，人一旦充沛了内在的情感，突然之间就会文采斐然，说出一些仿佛天赐的言语。桓温是深情的，魏晋时代是深情的，“木犹如此，人何以堪”八字更是深情的极致。

短短的八个字，它不断地被人们追思，不断地被当作深情的寄托，一遍又一遍地吟咏。南朝庾信怀恋故乡，作《枯树赋》对其加以演绎，于文末假托桓温还原其全文曰：“昔年种柳，依依汉南。今看摇落，凄怆江潭。树犹如此，人何以堪。”辛弃疾亦曾北伐中原，但壮志未酬，可怜白发生，无奈之中赋词道：“可惜流年，忧愁风雨，树犹如此！”（《水龙吟·登建康赏心亭》）姜夔在一词序中云：“桓大司马云：昔年种柳，依依汉南。今看摇落，凄怆江潭。树犹如此，人何以堪。此语予深爱之。”（《长亭怨慢·序》）王安石诗中言：“道人北山来，问松我东冈。举手指屋脊，云今如许长。”（《道人北山来》）明代归有光在怀念妻子时说：“庭有枇杷树，吾妻死之年所手植也，今已亭亭如盖矣。”（《项脊轩志》）亦仿桓温故事。由此可见，后代之作，或文或诗或词，皆祖桓温之意以生。

在正史的记载里，桓温很少有深情的表露，他给人的印象，是一位嚣张跋扈、不可一世的枭雄，生命历程带有浓厚的赌徒色彩。他曾说：“既不能流芳百世，亦不足复遗臭万载邪？”（《世说新语·尤悔》）以自己一生的名誉做赌注，立志要篡夺东晋帝位。他一生杀伐决断，在政治斗争的场合残酷无情，野心勃勃。但就是这样一位耿耿武夫，心灵中也有最柔软的地方，而且一旦被触动，焕发出的光彩竟是那样的炫目。说到这里，突然想起《世说新语》里关于桓温的另一则记载：

> **桓公入蜀，至三峡中，部伍中有得猿子者。其母缘岸哀号，行百余里不去，遂跳上船，至便即绝。破其腹中，肠皆寸寸断。公闻之怒，命黜其人。**（《世说新语·黜免》）

这也是一段有关桓温颇具人情味的文学记忆。桓温出兵伐蜀，途经三峡。古代三峡两岸多猿，郦道元曾说：“巴东三峡巫峡长，猿鸣三声泪沾裳。”（《水经注》）李白则说：“两岸猿声啼不住，轻舟已过万重山。”（《早发白帝城》）因为常年奔波于行伍之间，桓温的一个部下百无聊赖，不知从哪里抓了一只小猴带上船戏耍解闷。母猴因为小猴被别人偷走，所以就像“人猿泰山”一样沿着两岸的峭壁飞腾攀缘，紧随桓温队伍的船只，一直追出百余里不肯罢休。待到母猴追上桓温的船只，它纵身从万丈高崖跳下，触船而死。桓温命人将母猴肚腹破开，但见肝肠寸断。桓温被感动了，同时他也愤怒了，命令将捉猴之人黜免。“得猿子者”可谓残忍而不近人性，而桓温“命黜其人”倒显得极富同情心，充满了人道主义精神。它和“木犹如此，人何以堪”的人生哲思，以及“攀枝执条，泫然流泪”的深情之态，一起让我们窥见了一代枭雄内心世界最柔软的地方。

清露晨流

——政治与友谊的歧途

王恭始与王建武甚有情，后遇袁悦之间，遂至疑隙。然每至兴会，故有相思时。恭尝行散至京口射堂，于时清露晨流，新桐初引，恭目之曰："王大故自濯濯。"（《世说新语·赏誉》）

这是一段闪烁在清晨的唯美深情的友谊记忆。《世说新语》记载：王恭起初与王建武（王忱）很有感情，后来遭到袁悦的离间，于是二人间有了嫌隙。然而每逢良辰美景，每逢情感被触发，王恭依旧有思念王忱的时候。一天，王恭在服用五石散后行散来到京口射堂，当时正是清晨，露水在阳光下放射着光辉，稚嫩的梧桐树新叶初发。看到这一切，王恭不禁言道："王大那家伙确实像濯濯的清泉一样清朗明净。"

《世说新语》的文笔实在是太好了，"清露晨流，新桐初引"短短八个字，一下就将人物从现实的生活中提升到艺术的境界里，王恭和王忱的友谊因而晶莹闪亮，染上了一层唯美的光晕，具有了超越一切功利世俗的特质。"清露晨流，新桐初引"呈现的是一片静谧、新鲜、原初的生命时刻，在王恭的记忆里，他与王忱之间的友谊在开始的时候就像这八个字描述的一样美好，当花之始开，露之始凝，果之初熟，他们彼此都会互相怀念。当初，他们的友谊是那样澄澈。

然而，所谓“月满则缺，水满则溢”，任何过于完满的事物都多少让人担心，一个过于完美的开始，往往预示着一个悲剧。在《世说新语》的上述记载里，则是以一个悲剧映衬了一个初始的美好画面。悲剧总有预兆，其实，早在王忱和王恭交往之初，王恭的父亲（王蕴）就以一个政治家的敏感，敏锐地意识到两个人终将决裂的结局：

王恭随父在会稽，王大自都来拜墓，恭暂往墓下看之。二人素善，遂十余日方还。父问恭：“何故多日？”对曰：“与阿大语，蝉连不得归。”因语之曰：“恐阿大非尔之友，终乖爱好。”果如其言。（《世说新语·识鉴》）

王恭和父亲住在会稽，一次王大（王忱）从都城来会稽拜谒祖先的陵墓，王恭知道以后，就赶到墓地去看望王忱。那时，二人的关系已经十分友好，见面自然有很多话聊，于是王恭过了十多天才返回。父亲问王恭：“何故去了这么多天？”王恭回答说：“我和阿大久未见面，所以谈话连续不断，说个没完，回不来。”于是王蕴对他说：“阿大恐怕不是你的朋友，你们两个最终会背离朋友之间亲爱友好的最初约定。”无论是在《世说新语》还是在史书的记载中，王蕴都没有谈到自己预言的依据，但他所说的话后来的确成为了现实。

表面看来，王蕴所言好似一时兴起，但实际上他的预言既不是依靠天赐直觉，也不是发现了王恭和王忱二人性格的裂隙，而是出于对人情和政治的深刻洞察。一切都需要从王忱的一位兄弟说起。王忱的父亲王坦之育有四子：长子王恺、次子王愉、三子王国宝、四子王忱。人们常说龙生九子各有不同，王坦之家族虽是名门，但子女也并非个个成才，其中尤以三子王国宝最为不肖。人们将王忱与其并列评价说："非一狗面人心，又一人面狗心者是邪？"意谓王忱貌丑而有才，王国宝外表俊美而内心龌龊，时人评价如此。王国宝的岳父谢安厌恶他无士人节操，偏离正途，屡屡不肯任用他担任重要职位，弄得他异常郁闷。后来，会稽王司马道子代理国政，因其王妃是王国宝的堂妹，所以王国宝借机向司马道子大献殷勤，成为司马道子的宠臣。在当时东晋的政治时局里，一直有"主相不和"的传言，晋孝武帝对司马道子把持朝政一直心怀不满，司马道子则意欲大权独揽，不容外人置喙，二人之间素有矛盾。因"主相不和"的缘故，相应地，东晋的政治力量就分成了"保皇党"和"相国党"两支。王国宝因为向司马道子靠拢，很明显属于"相国党"，而王忱与王国宝同气连枝，自然也会被误认为与其一党。

作为父亲的王蕴，经历的政治风雨要比王恭多得多。他深知，王坦之的家族中一旦出现了王国宝这样一个"相国党"，其他人很难不被牵扯进去，王忱本人虽高洁，但能否免于受其兄熏染，恐怕还是未知之数。而王恭，则是一个与王国宝势同水火，秉承"忠君勤王"、时刻"以天下为己任"的知识分子，《晋书》记载说：

> **恭性抗直，深存节义，读《左传》至"奉王命讨不庭"，每辍卷而叹。**

这段话的意思是说，王恭生性耿直，内心深存君臣大义，读《左传》每逢读到"奉王命讨伐那些不来朝拜的诸侯"一句时，经常放下书卷不住长叹。王恭的叹息不是没有原因的，《左传》里那些蔑视君王不来朝拜的诸侯，在当时何尝没有，司马道子不就是那“不庭”的乱臣贼子吗？王恭空有一腔报国之志，却碍于时局而不能一展“奉王命讨不庭”的抱负。从这样的事实来看，王恭是非常明显的“保皇党”。

“保皇党”与“相国党”能走到一起吗？王恭和王忱的友谊能持续下去吗？王蕴表示了深深的怀疑，他依据自己多年的政治经验，做出了二人必定决裂的预言。但他没有料到，王忱其实也是一个心存社稷之人，他与王恭曾多次讨论过“主相不和”的政治格局，也曾多次商讨应对之策。王恭与司马道子已经闹翻，因而他劝王忱向司马道子晓以利害，争取“主相和睦”，共同成全天下安定的大局。王忱答应了王恭所请，但他唯恐司马道子不能接受自己的直谏，所以他转托司马道子的另外一位宠臣袁悦转达自己与王恭所议。王忱在政治上是极端弱智的，考虑并不周全，他没有料到，袁悦一直对王恭心怀不满，一直想离间王恭和王忱的感情。于是，他没有向司马道子转述，而是悄悄地把这件事藏在心底。

一次朝廷召开会议，其时王恭在座，袁悦声色俱厉地对王恭说：“你怎么那么不负责任，胡乱捏造主相不和的言论，以至于让朝野上下人心惶惶，贻误国政。”面对这样的指责，王恭有苦难言，暗自认为是王忱有意设局，借他人之手陷害自己。于是，二人情好大离，怨隙成矣，一次饮酒的过程中各率家丁差点群殴。但魏晋士人的精彩之处在于，他们并不因为友谊的决裂而抹去一切关于个人的美好回忆，而是将其作为一份珍贵的财富埋藏在心底。他们已经习惯用艺术的眼光去看待一切事物，习惯用艺术的唯美涤净生命中丑恶的部分，保留生命中最真、最美、最纯的瞬间。王忱在清晨露光中的感叹显现的正是这一精神原则。

此座可惜

——晋惠帝登基纪略

中国封建社会是典型的人治社会，储君个人才能如何，关系到一个王朝将来的国运，如储君天纵英明，则一人可以兴邦；若储君天资驽钝，则一人可以丧邦。一个王朝“兴也勃焉，亡也忽焉”的现象之所以出现，往往与储君的个人天资有莫大关系，所以历代封建帝王都异常重视储君的选择问题。在晋朝的历史上，司马懿、司马昭、司马炎三位晋王朝的缔造者都是异常聪明之人，但历史与司马家族开了一个不大不小的玩笑，到了司马炎的儿子司马衷这里，司马家族优质的遗传基因序列好像出现了问题，司马衷再也没有司马家族的英明神武之气，IQ值明显低于常人。

晋朝的大臣们群情鼎沸，纷纷议论要废除司马衷的太子之位。但不知为什么，晋武帝司马炎好像铁了心要立那位智障太子为储君，将大臣们的劝谏都当成了耳旁风：

> **晋武帝既不悟太子之愚，必有传后意，诸名臣亦多献直言。帝尝在陵云台上坐，卫瓘在侧，欲申其怀，因如醉，跪帝前，以手抚床曰：“此坐可惜！”帝虽悟，因笑曰：“公醉邪？”**（《世说新语·规箴》）

在劝谏的群臣中，有一位西晋名臣卫瓘，此人久经沙场，参加过讨伐蜀汉的战事，后来的钟会叛变也由其平复，他对晋王朝的建立有不可磨灭的功勋。卫瓘是晋武帝忠实的臣子，当此国运兴亡之秋，焉能不进一言？但帝位之事毕竟是皇家内务，外臣干预废立之事，恐触皇家大忌。卫瓘欲进言废储君，几次欲言又止，如鲠在喉，不吐不快。一次趁着酒醉，他醉眼惺忪地来到晋武帝所坐的御榻前，用手轻轻地抚摸着御榻说："可惜了这个座位！"晋武帝当然领悟了他的意思，但晋武帝还是顺势笑着说："你这是喝多了吗？"

卫瓘没有喝多，晋武帝也没有鬼迷心窍，对那个浑浑噩噩的太子，司马炎心中还是顾忌了很久的：

> **帝常疑太子不慧，且朝臣和峤等多以为言，故欲试之。尽召东宫大小官属，为设宴会，而密封疑事，使太子决之，停信待反。妃大惧，倩外人作答。答者多引古义。给使张泓曰："太子不学，而答诏引义，必责作草主，更益谴负。不如直以意对。"妃大喜，语泓："便为我好答，富贵与汝共之。"泓素有小才，具草，令太子自写。帝省之，甚悦。先示太子少傅卫瓘，瓘大踧踖，众人乃知瓘先有毁言，殿上皆称万岁。充密遣语妃云："卫瓘老奴，几破汝家！"**（《晋书·惠贾皇后传》）

事实上，晋武帝也常怀疑太子不聪明，而且朝中官员和峤等人也多次拿此事作为话题与他谈过。为了平息众口，另外晋武帝也想看看自己的儿子到底是什么成色，于是他把东宫上下大小官属全部召来，举办了一次宴会。这次宴会其实是一次全封闭的出题现场，晋武帝命令官属们将一些日常朝政中的疑难之事作为试题密封起来，命信使赴东宫交付太子，让太子书面答复处置之策。信使在宫门外等待，负责将太子的对策带回宴会现场，交由诸官属审阅以定优劣。

对这件事情，太子司马衷没有特别惊慌，他懒得去管这些超出他智力范围的事情，倒是他的妃子贾南风感到异常恐惧。因为司马衷本人对她并不重要，而他的太子身份则很重要，这个后来在西晋历史上臭名昭著的女人对权力有着强烈的欲望，她不能容忍自己从太子妃（将来的皇后）的位置上跌落下来。惊慌之中，贾南风请了大量的“枪手”来替司马衷答题应对，但是那些“枪手”大多是从故纸堆中爬出来的书虫，动辄子曰诗云，提笔便称四书五经，文笔好则好矣，但问题是司马衷何尝读过书呢？将这群书呆子做出的答案交上去，肯定是要露馅儿的。

贾南风身边的给使张泓发现了这个问题，他对贾南风献计说：“太子不学习，这事情大家都知道，但在回答问题时引经据典，肯定会招致皇帝的怀疑，查出幕后的捉刀之人，到时招致更重的谴责，与其如此，倒不如干脆直言以对。”贾南风惊得一头冷汗，旋即笑道：“多说无益，此事交付给你，立刻替我好好回答，将来若能富贵，一定与你共享。”张泓素来有些小才，拟好草稿，让太子自己抄写。武帝看过之后，大喜过望，心中暗自得意：人笑我儿愚，实则大智若愚，非真愚也！他转手将太子的对策交给太子少傅（太子老师）卫瓘，卫瓘看过对策之后，一时间汗如雨下，脸上呈现出局促不安的神色。晋武帝朗声道：“卫公，你以前对太子多有不实之言，自今日可以休矣！”在座的众人这才知道卫瓘以前说过对太子不满的话，为表自己无辜，在座众人皆跪倒山呼万岁。贾南风的父亲贾充当时亦在座，他秘密派人到太子府告诉贾妃说：“卫瓘这个老奴，几乎断送了你们家的前程！”

经此一事，晋武帝对太子的智力再也没有怀疑，下定了传皇位的决心。晋武帝也考虑到，司马衷那个聪明伶俐的小儿子也是他所喜欢的，那孩子的智力肯定超乎常人，自己百年之后，哪怕司马衷只是一个守成之君，到自己孙子那里，晋家帝业也必将发扬光大。晋武帝带着这样的心愿离开了帝位，他的儿子晋惠帝司马衷顺利登基。事隔多年之后，天下大乱，饿殍遍地，民有菜色，有大臣向晋惠帝奏报天下饥民无粮可食，这位“天然二”的晋惠帝滑稽地问了一句：“没有粮食吃，为什么不吃肉粥？”如果晋武帝泉下有知，听到晋惠帝的这一句话，会不会气得从坟墓里坐起来呢？

甄妃传奇

——文人的美人幻梦

围绕女人，所有男人都在思考莎士比亚名著《哈姆雷特》中的一句台词：To be or not to be, that is a question!（生存还是死亡，这是个问题。）然而，不论生存还是毁灭，不论争斗多么残酷，所有的男人都无一例外地加入了这场美神的争夺战中，如同飞蛾扑火，虽知必亡，但仍义无反顾。在这个争斗的男性群体中，有帝王，有英雄，也有文人。在《世说新语》的记载里，男性争夺女性的传奇段落也没有被错过，而这一段中处于漩涡中心位置的，便是东汉末年与江东二乔齐名的甄妃。《世说新语》记载：

> **魏甄后惠而有色，先为袁熙妻，甚获宠。曹公之屠邺也，令疾召甄，左右白："五官中郎已将去。"公曰："今年破贼，正为奴。"**（《世说新语·惑溺》）

甄妃原籍是中山无极（现在河北省无极县），三国曹丕的妻子，曹植的嫂嫂，魏王曹操的儿媳，后来被魏明帝曹叡封为文昭皇后。甄妃初嫁袁绍次子袁熙为妻，建安九年（204），曹操攻打邺城时袁熙镇守幽州，而甄妃则留守邺城照顾婆母。邺城被攻克后甄妃改嫁曹丕为妻，从常理来讲，曹操攻打邺城的目的无非是为其扫平天下做一个必要的铺垫，这是英雄席卷宇内之志使然。而在《世说新语》的记载里，曹操攻打邺城的目的则蒙上了一层强烈的男性欲望色彩。在解释自己攻城的初衷时，曹操的话说得很流氓："今年破贼，正为奴。"通俗翻译，意思就是："今年大破袁贼，拿下邺城，就是为了这个小娘子啊！"邺城之战很明显是翻版的特洛伊战争，甄妃变成了三国时代的海伦，她就是那个给曹操和袁熙二人带来不合的"金苹果"。在这场欲望的洪流中，曹操的儿子曹丕也来蹚浑水，他以年轻人特有的冲动，赶在父亲占有甄妃之前，将其纳入己怀，等到曹操回过味来，只听见左右报告说那位俊俏的五官中郎将（曹丕）早已经将"猎物"带走了。有什么办法呢？虎毒不食子，老子岂能与儿子因女人而起纷争，于是曹操也只能选择放弃。

事情还没有到此为止，后世的好事之人唯恐天下不乱，在"甄妃争夺战"中又加入猛料，将本来已经非常乱套的事情弄得更加乱套。唐代李善在《文选注》中爆料，曹操的另外一个儿子曹植最初也曾加入对甄妃的争夺，但凡事总有一个先来后到，曹丕先到先得，曹植也只能"殊不平，昼思夜想，废寝与食"。但得到甄妃的曹丕似乎没有准备去珍惜她，后来甄妃年老色衰，如花的容颜随着岁月凋落，让曹丕对她日渐疏远。从来只有新人笑，有谁曾闻旧人哭，甄妃越来越感到失意，"有怨言"，曹丕闻后大怒，遣使将其赐死，最终葬甄妃于邺城。人生是一袭华美的锦袍，人生是一个苍凉的手势，华美与苍凉构成了甄妃人生的底色，她曾经集"三千宠爱于一身"，而今坟茔之上却是"黄沙满面风萧索"。

甄妃死后，曹植心痛欲碎，一直不能割舍对甄妃的思念。李善在《文选注》中引《曹子建记》说，后来曹植到洛阳朝见曹丕，曹丕命太子留其宴饮，并将甄妃生前所用的玉镂金带枕转交给他，以慰其相思之苦，曹植感念甄妃，不觉泪下。其后，曹植从洛阳还归，途经洛水，手抚玉枕，脑海中往事闪现，感念甄妃，不觉忧从中来。忽见一女登云渡水翩然而至，自言生前本寄情曹植，然为曹丕所得，不能略表相思之意，今曹丕寡情，愿以当初随嫁玉枕常伴君之左右，言讫不见。

曹植悲不自胜，遂作《感甄赋》以纪念与甄妃的此次相见。《感甄赋》后来被甄妃之子魏明帝看到，魏明帝认为泄露了宫廷内幕，有伤风化。那么，怎样才能掩盖这一宫廷丑闻呢？考虑到曹植的文章与洛水有关，于是，明帝将《感甄赋》改名为《洛神赋》，而将原文保留了下来。应该说，李善提到的这段“皇家秘史”的真实性是大可怀疑的，古今许多学者都曾对之进行攻讦。须知，曹丕时刻都欲置曹植于死地而后快，怎会宴饮赠枕给自己增添“花边新闻”？但是不管历史的真实情况如何，千载之下，人们宁可相信曾经有过这样一段传奇的故事，而不愿意让孤独的曹植茕茕终老。由此看来，历史并不总是站在强者一边的，在更多的时候，弱者倒成为了人们同情的对象。作为强者的帝王，其人生虽不免有缺憾，但毕竟很少；而作为弱者的文人（如曹植），其人生不如意则十之八九。这与芸芸众生的生活境遇类似，因而人们总是愿意站在曹植的角度，还他一个“大团圆”的爱情结局，也还给自己一个美满的美人幻梦。

从历史的角度，我们可以肯定地说，李善关于《洛神赋》创作动因的阐述基本不可信，因而，《洛神赋》绝对不会是曹植写给甄妃的纪念文章。但是，有一点我们却不能肯定，即《洛神赋》中的洛神是不是有甄妃的影子呢？我个人的意见是倾向于有。文学来源于现实，洛神的原型应该还是现实中的美女，作为当时名动天下的“美神”，作为曹植的嫂嫂，甄妃怎么可能不在曹植心中留下深刻的印象呢？《洛神赋》记载洛神的美貌说：

其形也，翩若惊鸿，婉若游龙，荣曜秋菊，华茂春松。仿佛兮若轻云之蔽月，飘飖兮若流风之回雪。远而望之，皎若太阳升朝霞。迫而察之，灼若芙蕖出绿波。浓纤得衷，修短合度。

曹植几乎用尽了如洛水一样浩瀚的笔墨来描绘这位美神的绝代姿容，她“翩若惊鸿，婉若游龙”，体态轻盈，柔婉多姿。她“荣曜秋菊，华茂春松”，脸上闪耀着青春的光辉，好像轻云蔽月，好像流风回雪，宛若初生的朝霞，仿佛出水的芙蓉。我们可以凭借曹植对洛神的描绘，稍稍窥见甄妃的容貌。我宁愿相信，现实中的甄妃就是如此美丽，否则，那些美丽的传奇将在何处栖身呢？

割席断交

—— 同窗的疏离

汉代士人重节操，故汉代自杀之人特别多。承汉代余烈，汉末魏初，为砥砺士人节操，天下开始盛行月旦品评之风，士大夫、读书人品评他人、约束自己的尺度异常严格，有关德行之事，虽小亦大，见微而知著。由此，对于士人德行苛刻的要求遂成一代风气。这当然有助于士人的人格自律，但也偶尔出现一些因小节而无限制"上纲上线"的过度之举：

> **管宁、华歆共园中锄菜，见地有片金，管挥锄与瓦石不异，华捉而掷去之。又尝同席读书，有乘轩冕过门者，宁读如故，歆废书出看。宁割席分坐，曰："子非吾友也！"**（《世说新语·德行》）

如上这则"割席断交"的故事非常有名，历来是思想品德教育的必选作品。管宁和华歆二人一起在园中锄菜，不经意间突然铲出一片金子，清晨的阳光下，金光熠熠，夺人眼目。面对金子，管宁照旧挥锄劳作，把金子看得和田间的瓦砾没什么两样，但华歆却捡起来又扔了出去。两人还曾经同在一张座席上读书，正书声琅琅间，窗外忽然有乘坐华贵车子的达官贵人从门前经过，鞍马逡巡，声势烜赫。此刻，管宁照旧读书，与往常一样，但华歆却放下书，急匆匆地跑出去观看。回来后，只见管宁一脸严肃，挥刀割断席子，与华歆分开而坐，同时发表了绝交宣言："你不是我的朋友。"

《世说新语》将"割席断交"的故事归入"德行"一门，可见在德行品评方面，有明显的"褒管贬华"倾向。受《世说新语》的影响，在阅读这则故事时，人们普遍做出了与故事叙述者同样的价值判断，把管宁归入德操高洁的士人之列，将华歆视为贪慕名利的小人之辈，并且还会认为，管宁所为大义凛然，视金钱如粪土，明察秋毫之末，见微知著，果断抛弃"损友"，维护自己高尚的道德修养，真乃人杰！同时，还会将华歆扫入历史的垃圾堆，鄙夷他的"不堪之举"，劝告自己的孩子千万不要向此人学习，此乃小人，焉可学也！

中国是一个道德的国度，对待儿童和年轻人要求极其严格，孩子在不大的时候就被训练要懂得礼义廉耻，天性中所有正常的需求都被无端地压抑下去了。管宁生于汉末魏初，时代风气使然，家庭对于他的教育必定是极其严格的，而且这是一个有志于成为"士"的少年，对自己的要求就更加苛刻，他甚至要求自己的道德修为不能被身边的人玷污。而与他同窗的华歆，表现得则更像一个正常人，在园中锄菜的时候看到金子，他捡了起来，但看到管宁在旁边流露出的鄙夷不屑的神情，他被迫将其扔掉。但试问，将金子捡起来就说明华歆贪财吗？假装视而不见可能正是矫情。地里的黄金为什么要让它再次埋入尘土？让它进入货币流通、商品买卖为什么就不可以？另外，处于读书阶段的青少年时期，正是人的好奇心最强的时候，门外经过一辆豪华的马车，看看又何妨？你最多可以说华歆学习时精神不集中，怎能与贪慕名利联系起来呢？

不管怎样，管宁与华歆算是分开了。但是，华歆日后的发展，却不像管宁和其他人想象的那样，他没有变成一个误入歧途的少年，而是成长为一代国士，在品行方面多有值得称道之处。华歆后来位极人臣，但他始终廉洁自奉。当初他受曹操征召将行，“宾客旧人送之者千余人，赠遗数百金”，华歆推辞不过，就暗暗在礼品上做上记号，事后一一送还。魏文帝时，华歆官拜相国，但“歆素清贫，禄赐以赈施亲戚故人，家无担石之储”。《三国志》作者陈寿评价他“清纯德素”，华峤《谱叙》亦记载：“歆淡于财欲，前后宠赐，诸公莫及，然终不殖产业。”如此看来，华歆岂是贪财之人？至于他后来做大官，也恐怕不是羡慕权位所能解释的，试想汉末士人人人皆有济天下之志，丈夫生于天地间岂能默默无闻郁郁而终，正当挥斥方遒，纵横四海，一展羽翼。有此愿者，岂独华歆一人？

华歆也有着雍容的气度，与管宁断然与之绝交相反，华歆一直心念旧恩。曹丕登基的初年，下诏要求宫廷大臣向他举荐独行特立的隐士，华歆推举了管宁，曹丕派车专门去迎接。魏明帝即位，封华歆为博平候，增采邑五百户，与之前的封赏累计为一千三百户，并改任太尉。华歆称病请求退休，愿将太尉一职让与管宁，当然，魏明帝没有同意，但不管同意与否，都说明了华歆的内心是博大的。对华歆所为，管宁不知作何感想？

管宁、华歆之事足以为后人诫。唐代诗人白居易曾经写过五首名为《放言》的诗，其中一首谈到对一人品行的判定必须实行“长期观察”，而不能仅仅借助“短期效应”，其诗曰：

> **赠君一法决狐疑，不用钻龟与祝蓍。试玉要烧三日满，辨材须待七年期。周公恐惧流言后，王莽谦恭未篡时。向使当初身便死，一生真伪复谁知。**

白居易深感识人之难，明确说“辨材须待七年期”，不可仅凭一时所见就轻率地对一个人的人品做出判定。试看当日被人们传言篡位的周公，后来竟是不贰忠臣；且看那当初谦恭尽忠的王莽，最后竟是乱臣贼子。如果没有时间的检验，这些人在被断言的当日就死去，其一生的真伪还有谁能知晓呢？魏晋时代的品评之风，其益在于养成了士人的廉耻之心，其弊在于其道德品评偶尔失之于轻率。或许，正是受制于那个时代的风气，管宁才做出了那样的判断。想一想，事情也不能完全怪他，华歆也可能正是因为认识到了这一点，心中才没有长存与管宁的旧怨吧！

七

相遇政治

《世说新语·容止》嵇绍鹤立鸡群故事（清咸丰萧山王氏养和堂刊本《於越先贤像传赞》·任熊绘）

官场的梵音

—— 王导的为政之道

人是各种社会关系的总和，对于政治家这一特殊群体而言，他们大多数时候很难享受凡人的快乐。人间的是非太多，官场的逢迎太忙，万一对那张社会关系之网经营不善，小则亡身，大则亡国。所以一般人不愿意接近那张网，东晋的陶渊明就曾慨叹“误入尘网中，一去三十年”，甚以“网络”的经营为苦。但是，在历史上也偏有这样的一群人，他们在政治的尘网中纵横捭阖，得心应手，左右逢源，乐此不疲，将“人是政治的动物”这一理念演绎到了极致：

> **王丞相拜扬州，宾客数百人并加沾接，人人有说色。唯有临海一客姓任及数胡人为未洽。公因便还到过任边云：“君出，临海便无复人。”任大喜说。因过胡人前弹指云：“兰阇，兰阇。”群胡同笑，四坐并欢。**（《世说新语·政事》）

此处记载中的王丞相就是东晋名臣王导，因此人后来官至丞相，故世称“王丞相”。在官至丞相之前，王导曾拜扬州刺史，履新之日，刺史府前门庭若市，前来拜贺的人摩肩接踵，竟有数百人之多。一时间觥筹交错，左右逢迎，鲸吸豪饮，宾主畅叙。来到刺史府的各色人等参差不齐，但皆非富即贵，个个都不好惹，为了拓展人际关系，王导举酒嘱客，一一周旋致意，不敢有丝毫马虎。刺史府表面其乐融融，饮酒乐甚，但背后的人际关系网却让王导“战战兢兢，如履薄冰”。可是，从表面看王导是从容的，他必须展示出一名政治家应有的风度，他必须谈笑风生，他必须举重若轻，他必须将关系网理顺，力求做到人人满意。事实上，他也的确做到了。此次刺史府酒会举行得非常成功，人人都感觉到了王导恩泽的雨露，个个脸上洋溢着得到知遇的快乐。但事情也出现了不应有的纰漏，酒宴上有两伙人在不经意之间被王导忽略了：

第一伙是一位来自临海的姓任名颙的客人，此人在南京做官，因为王导家族的赫赫声名，同时也因为南京、扬州之间不远，所以也前来道贺，但不想王导竟然没理自己，对“京官”而言，很显然有礼数不周之嫌；

另一伙是一队西域的僧人，这些人在江南游历，传经布道，辩难玄谈，在东晋的玄学背景下，已经形成了一股不可小觑的势力，况且王导亦号称清谈名士，对此等人物不加礼遇，恐怕有损清誉，折了官声。

然而，王导永远是从容的！他顺手斟了一杯酒，快步趋到临海任颙面前，寒暄笑谈之后，宾主杯中酒尽。但这还不足以补偿刚才疏忽的过失，必须有格外的礼遇才能让任颙受伤的心“康复”过来。于是，行酒过程中王导不失时机地来了一个“戴高乐”：“任公您一出来，您的老家临海可就没什么大人物了！”论等级，王导是朝廷一品大员，职位应远远高于任颙，然而他此刻却不惜放下身价，对职位不高的任颙极尽颂扬之能事。得到别人的称赞已经足够让人快乐，而能够得到上级无以复加的称赞就是一种“恩宠”，更何况这种“恩宠”里还颇带“交好”的意味，于是，任颙不能不激动了，他满面喜色，躬身致意。他虽不至于感激涕零，但内心里恐怕早已有为王导“赴汤蹈火”的意思了。

摆平任颙，王导又转身奔向众胡僧所在方位。只见他且行且笑，连连弹指，口中连言“兰阇，兰阇”，奇迹发生了，本来宛若枯树、一脸晦气的众胡僧突然尽皆欢笑。真是社交场合的高手，“兰阇兰阇”四个字（准确讲只有两个字）搞定一群“外国友人”，你不能不佩服王导高超的语言运用能力。据余嘉锡先生考证，“兰阇”本是梵文aranya的中文音译，又译为阿练若、阿兰若迦、兰若等，原意是森林，引申为“寂静处”“空闲处”“远离处”，躲避人间热闹，有些房子可供修道者居住静修之用，或一人或数人。《华严经》云：“阿兰若法，菩提道场。”王导之所以要用梵文来与诸胡僧交谈，原因就在于“兰阇”二字蕴含的佛学语境，其说辞是非常巧妙的。

首先，“兰阇”二字意为众胡僧居然可以在酒宴这种喧嚣的场合中“闹中取静”，独自设立“菩提道场”，甘于寂寞，专心修为，令人敬佩。这当然是一种婉转的说法，由此，王导一方面称赞了众胡僧高超的佛学修为，另一方面将“冷落”众胡僧的责任由己方推向彼方——即“冷场”是你们自己选择的结果，与我无关。对所犯错误的辩解一般会招致反驳，但王导辩解的同时却带着阿谀，让你无法拒绝。

其次，用胡僧熟悉的语言与之交谈，本身就是对胡僧的一种尊重。我们可以猜测，王导并不一定精修梵文，其发音也不一定准确，但这都已经无关紧要。这就如同我们见到一个美国人，虽然我们的英语并不标准，但在关键时刻来一句“三克油”（thank you），恐怕也能博得一种“他乡遇故知”的好感。语言总是带着感情的温度，亲近一个人首先要亲近他的语言，王导就这样走进了一群“外国友人”的世界。

经过一番不着痕迹的社交弥合后，参与此次宴会的人都被发展到王导的“统一战线”之内，“世事洞明皆学问，人情练达即文章”，其王导之谓乎？王导在此次宴会中的表现堪称完美，各方面的社会关系都得到了恰到好处的关照。

王导的为政风格与其为人风格密不可分，其为人具有典型的“老好人”风格，力求照顾到方方面面的人事关系，不得罪人，不与人冲突，与孔子所谓的“乡愿”比较类似。孔子曾说：“乡愿，德之贼也。”这并不是一个好听的封号，然而王导默默地接受了：

> **丞相末年，略复不省事，正封箓诺之。自叹曰：“人言我愦愦，后人当思此愦愦。”**（《世说新语·政事》）

这里记载的已经是王导晚年的事情了。那时的王导每日做的事情就是在文件上画圈，基本不怎么过问政事，因为如此，有人言王导为政昏聩，实非治国之臣。对此王导叹息说：“人们都说我为政昏聩，后人会思念我这种昏聩。”所谓的“昏聩”不过是“难得糊涂”的代名词，聪明难糊涂更难，王导的糊涂其实正是基于对人的洞察，他不苛责于人，而是留下三分余地，以便日后好见面。大家你好我好，一团和气，其乐融融，对于缓解东晋王朝与南方士族的矛盾起到至关重要的作用。所以说，“乡愿”这个词并不总是贬义的，在特殊的政治环境里，还真的需要这样一位人物来调和众多的关系。

嵇绍不孤

——争论中的君臣大义

一代名士嵇康死于司马家族之手，已经是二十年前的依稀往事。（《晋诸公赞》曰：康遇事后二十年，绍乃为涛所拔。王隐《晋书》曰：时以绍父康被法，选官不敢举，年二十八，山涛启用之，世祖发诏以为秘书丞。）在嵇康之子嵇绍十岁的记忆里，天空中飘满了《广陵散》慷慨悲凉的乐音。

嵇绍记得，父亲在临刑前向他面授《家诫》。在那封充满爱子之意的绝命书里，嵇康一改《与山巨源绝交书》语气的质直峻切，一改往日"龙性难驯"的桀骜，转而让嵇绍弃己之行，服膺儒教训诲，立志于道德礼法，善处浊世，明哲保身，小心慎言，甚至饮酒时的琐屑应酬之礼都一一嘱咐。观之慈爱满篇，温婉和顺，爱子之情溢于言表。嵇康意识到，自己已经为一种理想所累，但不能让子孙后代继续自己的道路，毕竟，他们要活下去。在嵇绍孤独、期盼的目光里，嵇康对儿子悄悄说道："巨源在，汝不孤矣。"（有山涛伯伯在，你将来不会成为孤儿的。）说话时，刑场不远处，一位名叫山涛的人在风中伫立，默默凝望着嵇康父子。

嵇绍以似树根延伸般的速度成长起来。十八年后，他的躯体开始微微飘逸出嵇康的气息，在山涛的关注下，嵇绍转眼已经长大成人。此时的他遵守礼教，事母至孝，因父亲获罪而静居家中。山涛没有忘记嵇康的嘱托，现在他俨然已经是嵇绍的“教父”，一方面关注着嵇绍的成长，一方面悄悄地为嵇绍谋划着仕途之路。山涛此时已经是司马家族的吏部尚书，掌握着人事举荐的权力，工作于西晋的“中组部”，每逢人事任免，山涛必有品评，一言重于九鼎，在当时号称“山涛启事”。而嵇绍在当时的名望也已有口皆碑，相貌与“龙章凤姿”（帝王之相）的父亲颇为神似，在众人之中如同鹤立鸡群：

有人语王戎曰：“嵇延祖卓卓如野鹤之在鸡群。”答曰：“君未见其父耳。”（《世说新语·容止》）

非但英姿天纵，嵇绍的才华也为众人所称颂。眼看时机成熟，山涛不失时机地再次动用了自己的干政权力，向当时的晋武帝司马炎举荐嵇绍为官，《晋书》记载：

（山涛）启武帝曰：“《康诰》有言：‘父子，罪不相及。’嵇绍贤侔郤缺，宜加旌命，请为秘书郎。”

山涛明白，嵇康是嵇绍从政之路的第一道障碍，必须将嵇康的负面影响消除之后，嵇绍的仕途才会顺畅无阻。因而，他引用帝王尊崇的圣王之书《尚书·康诰》一文，用“父子兄弟，罪不相及”（父子之间，兄弟之间，一方有罪，另一方不受连带责任）的论述来劝说晋武帝，且用春秋时代晋文公不念郤缺之父旧恶，任用郤缺为官终成霸业的事例来作为证据。山涛的理由很充分：《尚书》是圣王之书，它的记载就是圣王的训诫，陛下如果遵从就同样是圣王；晋文公赦免郤缺的原罪而用之为官，因而是有道明君，如果陛下也这样对待嵇绍，您也是有道明君，反之则否。任何帝王都想当圣王，都想成为有道明君，更何况晋武帝急于收买人心，于是他卖了山涛一个天大的面子，《晋书》上说：

帝谓涛曰："如卿所言，乃堪为丞，何但郎也。"乃发诏征之，起家为秘书丞。

山涛原本想替嵇绍求取秘书郎一职，但晋武帝对之恩宠有加，在山涛举荐的基础上更上一层楼，他对山涛说："按照爱卿的说法，嵇绍是任秘书丞的材料，岂能仅仅担任一个小小的秘书郎。"于是，发诏任命嵇绍为秘书丞。

山涛所做的一切，并没有事先告诉嵇绍，他心里清楚，以嵇康家族的脾气，如果事先通知嵇绍，嵇绍肯定会坚辞不就。反之，如果山涛先为嵇绍请官，且待皇帝颁布诏命，嵇绍辞官就不是那么容易了。果然，待皇宫派人到嵇绍家中颁布诏命之时，嵇绍还是经过了一番痛苦的煎熬：

嵇康被诛后，山公举康子绍为秘书丞。绍咨公出处，公曰："为君思之久矣。天地四时，犹有消息，而况人乎？"（《世说新语·政事》）

嵇绍被从天而降的诏命弄得有些不知所措，这个官是做还是不做？做，有违孝道，不孝；不做，违抗皇命，不忠。在迷惑万端之时，他想起了"教父"山涛，轻轻叩响了他家的门扉。面对着为难的嵇绍，他和缓地对嵇绍说道："孩子，（关于你父亲的事情）我替你思考了很久，虽然孝道不可放弃，但天地四时，尚且有消长变化，更何况是人世间的事情呢？"嵇绍虽然遵从嵇康遗愿，笃事名教，但老庄的通达之义在他身上并非没有丝毫存留。他明白，所谓名士者，不滞于物，委时顺化，效法天地四时是也，在宇宙“大道”面前，“人道”的拘泥就显得可笑了。此时，他也突然明白了父亲那句话“巨源在，汝不孤矣”，父亲的本意也并非让他死守孝道，而是提前就为他想好了将来的晋升之路，山涛就是他一路上的守望者。明白于此，一番纠结之后，嵇绍终于答应了晋武帝的征召，山涛带着笑意，出门挥手送别了远来的询问者。

人们没有料到，就是这位嵇康之子，就是这位与司马家族有着杀父之仇的少年，当其被举荐二十年之后，竟然为司马家族竭尽忠心，最后献出了生命。304年，嵇绍随晋惠帝率讨伐叛乱的成都王司马颖，大战于荡阴，讨伐军兵败，惠帝身边的官员和侍卫四散逃命，但嵇绍却在蜂拥的敌兵和如雨的飞箭之下舍身到驾前保卫惠帝，旋即遇害，鲜血溅在惠帝的衣服上。后晋惠帝成为俘虏，被送往司马颖的根据地邺城。《晋书》记载，入邺后，仆人为惠帝更衣，并打算清洗染血的衣服，这位被称为千古第一蠢材的皇帝，说了一句令古今文人感激涕零的话：

帝曰：“嵇侍中血，勿洗也。”

这时的晋惠帝恢复了一切聪慧。嵇绍的血让这位原本愚蠢的皇帝刹那间大义凛然，他虽身为俘虏，但怯懦和惧怕都已经离他远去。他知道自己任何与嵇绍有关的行为都有可能招致杀身之祸，但他还是对前来更衣的左右正色道：“这是嵇侍中的血，不要洗掉它。”将心比心，一位愚蠢的帝王冒死回报了臣子的忠贞。

文天祥在《正气歌》中将“嵇侍中血”作为人间正气的显现，作为君臣之道的佐证，作为“时穷节乃见”的自勉，认为嵇绍所为足以载入史册，垂于“汗青”而不朽。但后来也有人对嵇绍的行为表示不屑，顾炎武在《日知录》中认为，嵇康家族既然尊崇曹魏为正统王朝，那么西晋也就不是嵇绍所应效忠的对象。嵇绍弃父仇而事非君，荡阴之死乃不明大义之举，如果嵇绍可称忠臣，那么一切背主投靠的人都可以称作忠臣。同是从儒家的正统伦理出发，文天祥和顾炎武对嵇绍之死做出了完全相反的历史评判，究竟谁对谁错呢？这恐怕是一个永远也解不开的二律背反命题了！

三语掾

——最具价值的回答

这是一段在历史上为人所艳称的故事，故事的情节非常富于传奇色彩，讲的是一位西晋名士因三个字而当官，又因辩论而获得友谊的故事：

阮宣子有令闻，太尉王夷甫见而问曰："老、庄与圣教同异？"对曰："将无同。"太尉善其言，辟之为掾，世谓"三语掾"。卫懿嘲之曰："一言可辟，何假于三！"宣子曰："苟是天下人望，亦可无言而辟，复何假一！"遂相与为友。（《世说新语·文学》）

面对太尉王夷甫的学术提问，阮修只慢条斯理回答了三个字："将无同？"（难道有什么不同吗？）于是就轻松地获得提拔，在这样的意义上，阮修的回答实在无愧为最有价值的回答，含金量估计高达99.999%。为什么非得用"将无同"三个字呢？按照清谈的要求，语言当追求言近而旨远，辞浅而意深，以此作为标准，阮修的回答当然不够简洁，甚至有些语言浪费。但他也不是不知道，魏晋名士的清谈讲究"文似看山不喜平"，彼此对谈最好机锋闪现，捉对厮杀，互相驳难攻捍，双方的精彩对决不时上演，那才是清谈的最高境界。不如此，则名士的清谈就太平庸，太缺少峰峦叠嶂的韵味。“将无同”一语为反问语气，可以看出，阮修并未因自己地位低下而失去言语的锋芒，相反倒充满浓重的辩论意味。三字以问代答，问得短兵相接，问得火花四溅，巧妙简约，修辞得体，非常符合名士清谈的口味。

阮修自视甚高，在与卫玠的“抬杠”中，他认为以自己的名声、才能，获得官位理所当然，与王氏的谈话不过是走个形式。但是，阮修将事情看得过于简单了，天下哪有“免费的午餐”？堂堂太尉王夷甫，就算是再喜好清谈，就算是阮修再有才，就算是阮修回答得再精彩，也断然不至于因为区区三个字就轻易许官，这背后一定还有不为人知的故事。

在《晋书》的记载中，还有另外一个版本的“三语掾”：

> **（阮瞻）举止灼然。见司徒王戎，戎问曰：“圣人贵名教，老庄明自然，其旨同异？”瞻曰：“将无同。”戎咨嗟良久，即命辟之。时人谓之“三语掾”。太尉王衍亦雅重之。**

在《晋书》版的“三语掾”里，主角是阮瞻和王戎，而在《世说新语》版的“三语掾”中，主人公则是阮修和王衍。学者们发现，《世说新语》犯了张冠李戴的错误，“三语掾”真正的主角应以《晋书》为是。事实上，如果我们仅仅把“三语掾”视为一个草根发迹的励志传奇，那么故事的主角是谁并不重要，是A或B均无不可，因为，在此情况下，人们关注的重点是“将无同”三字以及它引发的神奇效应，而非那两个无关紧要的主人公。但问题是，如果我们不仅将“三语掾”视为一个传奇，而且将其看作一个真实存在的历史事件，那么我们思考的角度就会发生变化，主人公的真实身份将不再是无关紧要的。

如果历史上“三语掾”的主人公确是阮瞻和王戎，那么此段史实的发生并非偶然。其实，阮瞻之所以去见王戎，二人之所以会有如是问答，与二人的政治立场及切身利益都有密切关系。魏末晋初，司马氏家族篡夺了曹魏政权，以名教治天下，但一批拥护曹魏政权的名士为了表示反抗，皆标榜老庄之学，以自然为宗。因此，当时的名教和老庄之学不仅有学术的含义，还有极为深刻的政治背景，二者之间存在着不可调和的矛盾。

而王戎与阮瞻的谈话其实就是围绕着“老庄”与“名教”的关系展开的。“竹林之游”结束后，王戎仕途之路一帆风顺，位至高官。但他也面临着舆论的压力，原因在于，他由老庄向名教转变得太快，难免为清流所不容，背上“变色龙”的骂名。此时的他，急需为自己找到一种理论依据，急需为自己出处进退的变化无常找到一种有力的辩护，急需拉拢更多的名流进入宦海与之共同沉浮，以掩饰自身之丑恶。

同为“竹林七贤”，相对于王戎在政坛的迅速“蹿红”，阮瞻之父阮咸因行事背离礼法太甚，为晋武帝及礼法之士所不容，政治地位江河日下。阮咸一次与家族里的人共同饮酒，饮至酣畅处，改用大坛子喝，碰巧一群口渴的猪经过，于是阮咸就和群猪来了个“人猪共饮”，其行为放诞如此。也正是因为这一点，阮咸不受晋王朝重用，仕途颇为失意。阮瞻是阮咸的长子，当父亲阮咸无力支撑衰落的家族时，重振家族的重任自然就落在了嫡长子阮瞻的肩上，他必须有所作为，否则门第中衰的局面将不可避免。阮瞻在阮氏家族的子弟中是出类拔萃的，在西晋时代也享有良好的社会声誉。据《世说新语》记载，“竹林七贤”各有后裔，然而“七贤”的后裔中“为瞻为冠”，可见当时人们对阮瞻的推崇。因而，阮瞻有着卓越的才能和良好的社会声望，具备朝廷选拔官员的条件。

王戎的政治诉求、阮咸的仕途失意和阮瞻的卓越才能，最终促成了“三语掾”传奇故事的发生。对王戎而言，他需要一个清谈名士转投名教怀抱，以此来遮掩自己并不光荣的过去。此时，他发现了阮瞻，但他心下疑问：阮咸的儿子究竟会是个什么成色呢？会不会像他老子一样是个鄙薄名教之人呢？会不会瞧不起自己的无耻行径呢？所以，当他见到阮瞻时，投石问路地问道：老庄和名教有什么不同吗？潜台词是：清谈和名教结合靠谱吗？你能和我同流合污吗？清高的你不会瞧不起龌龊的我吧？阮瞻是绝顶聪明之人，他知道王戎心里怎么想，更何况，他也需要王戎给他一个机会以重振衰落的家族。所以，他故作诡谲地问道：有什么不同吗？以反问的形式给王戎吃了一颗定心丸：放心！我没瞧不起你，我们之间没有本质的不同，清谈与名教都是一样一样的！于是，王戎和阮瞻两个人以学术问答的形式，巧妙地签署了一纸政治契约，握手言和，相视而笑。

后世之人，不明就里，把一场“机关算尽太聪明”的官场游戏，当成了一场名士“清谈”的佳话和轻松得官的传奇。他们哪里知道，天下何尝有不要钱的午餐呢？

崇实尚用

——陶侃在荆州

《世说新语》被鲁迅称为“名士的教科书”，其“记言则玄远冷峻，记行则高简瑰奇”。给人感觉《世说新语》中出现的大多是一些高蹈尘世之外的神仙。其实，在《世说新语》中也有那么一批不尚清谈，务实而不务虚，崇实尚用的人物存在，陶侃是他们中的杰出代表：

陶公性俭厉，勤于事。作荆州时，敕船官悉录锯木屑，不限多少。咸不解此意。后正会，值积雪始晴，听事前除雪后犹湿，于是悉用木屑覆之，都无所妨。官用竹皆令录厚头，积之如山。后桓宣武伐蜀，装船，悉以作钉。又云，尝发所在竹篙，有一官长连根取之，仍当足。乃超两阶用之。（《世说新语·政事》）

陶侃年少丧父，与母亲相依为命，家境贫寒，自小的困苦生活形成了陶侃节俭的生活习惯。这种节俭的生活习惯一直体现在他生活的细节里，并且深刻地影响了他的为官之道。《世说新语》的《政事》篇专辟一节，记载了陶侃为政的二三事。

陶侃曾任荆州刺史，荆州处于特殊的地理位置，关系着整个东南的安危。又因为在长江边上，所以常年要建造大船。陶侃曾命令船官将造船锯木时的木屑收集起来，不限多少。人们都不明白其中缘由，后来正月朔旦，陶侃在议事厅大会僚属，恰好赶上漫天大雪，雪花飞舞当然无比美丽，但江南气候温润，雪花含水量太多，厅堂前的台阶雪后仍然很湿。古人长衫大袖，往往拖地而行，在带水的台阶上行走很是狼狈。此时，陶侃命令士兵将平日积攒的木屑撒于台阶之上，阶上积水逐渐被木屑吸收，消失于无形。官员来往通行再也没有妨碍，此其一也。

南方多竹，是主要的建筑材料，而陶侃所在的官衙每年都会用很多竹子。江南用竹的常例，是一定要将又厚又粗的竹头部分去掉，这样加工好的竹子才符合使用的条件。当然那些剩下的竹头就成了废料，因为官衙用竹太多，竹头堆积如山，陶侃的手下屡屡建议将这些竹头扔掉，但陶侃始终不同意。陶侃毕竟是行政军事主管，因此旁边的人们也不敢多劝，但多少觉得陶侃有些多此一举。后来桓温进攻蜀地成汉政权，要用到荆州的船，结果这些竹头都被制成了船钉，一个个地变成船身的一部分，十分完美。此其二也。

君子如风，小人如草，风过之处，草必偃伏，上有所好，下必甚之，陶侃注重细节的为政方式，渐渐地被荆州周围的官员所熟知。曾经有一次，官府征集竹篙，结果发现有个小官的竹篙特别精致，居然连根都用上了，这非常对陶侃的胃口，于是这小官一下子连升两级。

在人们的印象里，陶侃更像一个老农夫，他厌恶一切与实用无关的东西，他讨厌一切多余的奢华和娱乐，这让他显得多少有点刻板。老头杜绝了身边一切可能的娱乐，当人们对此颇有微词时，陶侃也倒振振有辞，《中兴书》说：

侃尝检校佐吏，若得摴蒱、博弈之具，投之曰：“摴蒱，老子入胡所作，外国戏耳；围棋，尧舜以教愚子；博弈，纣所造。诸君国器，何以为此？若王事之暇，患邑邑者，文士何不读书？武士何不射弓？谈者无以易也。”

陶侃经常对属下的工作进行巡视，如果发现他们藏有摴蒱（骰子）、博弈之类的游戏工具，就会毫不留情地将这些东西统统撇出去，义正词严地对属下说：“摴蒱，是老子进入胡地时创制的，那是国外的游戏，下等人的玩意儿，你们是上等人，戏之何为？围棋，是尧舜调教智力低下孩子的教具，你们智力不差，用它作甚？博弈，是纣王创制用于淫乐的东西，难道你们想成为纣王那样丧国亡家的人吗？诸位都是国家的栋梁之材，为什么要玩这些东西？如果国家的政事处理完毕有了闲暇，大家恐怕自己无事可干患上抑郁症，文士何不读点书？武将为什么不操练习武、张弓练练箭？”面对老爷子历数前朝兴亡痛陈史实，面对长辈一通连珠炮儿似的反问，人们理屈词穷，毫无辩驳之力，心中只有一个想法：得了，从今儿起，诸位都歇菜吧！

陶侃俭约成癖，这是他的优点，同时也正是他的弱点，其俭约之癖有时也被人利用。比如前文提到的那位制造竹篙的小吏，居然连竹根都不放过，由此获得升迁。你可以认为，这是陶侃的勤俭之风对周围官吏潜移默化而形成的美政，但又焉知不是那位小吏投官长所好而有意为之？当然，小吏究竟是出于什么意图而这样做，如今已经无从考究，然而，的确有人利用了陶侃的这一弱点来赢得他的亲近感，从而获得好处：

苏峻之乱，庾太尉南奔见陶公，陶公雅相赏重。陶性俭吝，及食，啖薤，庾因留白。陶问：“用此何为？”庾云：“故

可种。"于是大叹庾非唯风流，兼有治实。(《世说新语·俭啬》)

东晋苏峻叛乱，太尉庾亮从江州出发至荆州陶侃处寻求救助。苏峻叛乱以前，庾亮与陶侃不睦，今日到陶府，心怀忐忑唯恐不受待见，但见面之后，庾亮以自己的名士风流征服了陶侃，赢得了陶侃的好感。主宾一番欢言笑语之后，转眼就到了用饭的时辰，陶侃生性节俭，在招待庾亮时，只端上了一盘薤菜，薤菜又叫野蒜，茎叶碧绿，头如白玉，色泽虽好，但实在算不上什么名菜。庾亮是贵族出身，哪里吃过这些乡巴佬的东西？但为了讨好陶侃，庾亮还是假装吃得津津有味。

最绝的是，席间庾亮边吃边把薤头留出来放在桌边，这让节俭的陶侃多少有些不满，这不是浪费吗？于是，他不悦地对庾亮说："您这是干什么？"庾亮答道："留下薤头还能用来再种。"闻听此言，陶侃大悦，庾亮的所为与自己木屑船钉的做法是多么近似！真是我辈中人！于是大为感叹庾亮不但文雅风流，而且兼有务实之风。此后，陶侃"到处逢人说项斯"，见人便谈及庾亮的好处，他怎么知道，自己被狡猾的庾亮骗了！

生死抉择

——王含父子的逃亡之路

东晋历史上有“王与马，共天下”说法，其中“王”指的就是琅邪王氏家族，“马”指的就是司马氏家族。这种“共天下”的局面后来被一人打破，王氏家族的大将军王敦两次起兵反叛，意欲推翻东晋王朝，自己一家坐拥天下。但冥冥中似有天意，王敦第二次起兵之际，身体突患重病，不久即病故。树倒猢狲散，在东晋军队的猛烈攻击下，王敦手下再无斗志，纷纷兵败逃走。在这支逃亡的队伍中，王敦的兄长王含和其子王应也赫然在列，危难之际，父子二人在苦苦思索着逃亡之策：

> **王大将军既亡，王应欲投世儒，世儒为江州。王含欲投王舒，舒为荆州。含语应曰：“大将军平素与江州云何，而汝欲归之？”应曰：“此乃所以宜往也。江州当人强盛时，能抗同异，此非常人所行。及睹衰厄，必兴愍恻。荆州守文，岂能作意表行事？”含不从，遂共投舒。舒果沉含父子于江。彬闻应当来，密具船以待之。竟不得来，深以为恨。**（《世说新语·识鉴》）

人在生死存亡之时，最容易想到的就是自己的兄弟。王氏家门广大，一本而生万枝，王敦、王含两人有许多堂兄弟，王彬（世儒）、王舒即是其中的两位。当王含逃难之际，王彬时任江州刺史，王舒则任荆州刺史。王含和儿子王应在思考一个问题，即在王彬和王舒二人之间，选择投奔哪一个更为稳妥呢？王应想投奔江州刺史王彬，而父亲王含则想去投奔身在荆州的王舒，二人之间意见分歧，一时争执不下。无奈之下，王含一脸凝重地对王应说："大将军以前与江州那个人怎么样你不知道吗？你怎么想起要去投奔他呢？"

王含谈及王彬时话有所指，王应岂能不知。

王彬为人刚正不阿，与志在叛逆的王敦之间数度冲突。永昌元年（322），王敦于江州举兵攻向建康，发动王敦之乱。同年，王敦因石头城守将周札自开城门而占领石头城。晋元帝派兵进攻石头城失败，王敦亦据兵石头城而不入朝，元帝唯有脱下皇服，派王彬慰劳王敦以求和。王敦以丞相总掌朝政后，因忌惮周顗名声而将其杀害。王彬向来与周顗亲近友善，因此前去哭悼周顗，十分悲恸。其后王彬面见王敦，王敦见他容色凄惨而询问何故，王彬回答因为哀悼周顗，哀痛不能自控。王敦听后大怒，但王彬仍为周顗感伤，历数王敦叛逆和杀害忠良、祸及门户的罪责。王敦因此更加愤怒，声言要杀死王彬，在座的王导为王彬忧惧，命王彬下跪向王敦道歉。但王彬却不肯，说："我有脚疾以来，见皇帝尚且不行拜礼，为什么要向王敦下跪！"王敦威胁说："脚痛颈痛如何？"但王彬仍意气自若，毫无惧怕之色。太宁元年（323），晋元帝已死，身在武昌遥控朝政的王敦打算再次起兵推翻晋室，王彬苦谏无果，王敦面带愠怒，以眼神示意左右收捕王彬，但王彬仍不害怕，更严正地说："你当年杀害（堂）兄，现在又要杀（堂）弟了吗？"王敦因王彬是亲人而再作容忍。

王彬与王敦的两度不睦，使王含认为投奔王彬无异于自投罗网。试想，王敦身在高位之时，二人尚不能相容，而今王敦失势，王彬又岂能容忍他这个王敦的同党？于是，他认为投奔王彬实是愚蠢之举。但他的儿子王应不这样认为，他针对父亲的观点说道："正是因为他们关系不好，所以我们才应该投奔江州（王彬）。江州在别人强盛的时候，能够坚持自己的不同意见，触摸逆鳞，这不是一般人能办到的。等看到人家衰败危难，一定会产生怜悯之心。"在王应的印象里，王彬不是一个可以用一般眼光衡量的人，此人虽为朝臣，但本质上却有大侠风范，这种人不是墙头草，见强者不降志辱身，唯唯诺诺；见弱者不乘人之危，见死不救。总体说来，此人是一个有独立人格，强者可堪畏惧，弱者可以依靠的人。因而，王应得出的结论是：王彬可以依靠，江州是二人的避难之所。

为了增强说服力，王应也指出了荆州（王舒）不能投靠的理由，王应说："父亲可以仔细思考一下荆州（王舒）平日为人如何。荆州遵循成法，唯朝廷马首是瞻，只会按法律规定办事，怎么会冒天下之大不韪而为我们铤而走险？"在王应看来，与王彬相比，王舒更像一个庸人，其为人但知遵循成法，没有为朋友两肋插刀的胆识和气度。对王应而言，他此刻需要的是一个敢于对抗朝廷成命，敢于为自己说话的亲朋，而不是一个循规蹈矩，只知俯首听命的朝臣，这样的人只会让他们引颈就戮。

但在生死抉择的时刻，苟安的思维方式常常容易取代长远的思考。王彬和王敦之间不睦的现实，让王含根本不敢轻易冒险去投靠江州，儿子的分析可能不无道理，但人心难测，谁能保证王彬不会临时变卦将自己交给朝廷，在人心面前，一切事情都充满了变数。他在想，还是投靠荆州王舒的把握大些吧？至少王舒曾经受过王敦的恩惠，屡次被王敦提拔，顾念旧情，或许这位堂弟会冒险收留自己也未可知。在王彬和王舒之间，王含宁愿选择与王敦没有瓜葛且尚有恩情的王舒，而打算放弃与王敦素来不睦但有大侠风范的王彬。王含也对儿子陈说了他的理由，面对他的不可辩驳的理由，王应也陷入了两难选择。但最后父亲的意见和权威占了上风，王应最终同意了王含的选择，二人于是投奔荆州。

事实证明，王含的选择错了，当王含和王应父子心怀生存的希望到达荆州时，面对的只是王舒铁一样的面孔和身后军旗猎猎的队伍。王舒没有顾及任何的亲人情面，将王含和王应二人背缚双手，于高崖之上将二人推入江中。而就在那一天，王彬因为听说王含要来投奔，早就秘密准备了舟楫等待这对逃难的父子，但直到日暮也没有等到。两个人永远不会来了，王彬伫立风中，内心充满了悲凉。

图书在版编目（CIP）数据

魏晋时的那些事儿：品读《世说新语》/ 李振峰著．— 郑州：海燕出版社，2013.12（2017.2 重印）
（华夏文库）
ISBN 978-7-5350-5588-0

Ⅰ．①魏… Ⅱ．①李… Ⅲ．①《世说新语》－古典小说评论
Ⅳ．① I207.419

中国版本图书馆 CIP 数据核字 (2013) 第 167279 号

华夏文库 经典解读系列

魏晋时的那些事儿

——品读《世说新语》

李振峰 著

出版发行：海燕出版社
（郑州市北林路 16 号　450008）
发行热线：0371-65734522
经　　销：全国新华书店
印　　刷：恒美印务（广州）有限公司
开　　本：635 毫米 ×965 毫米　1/16
印　　张：11 印张
字　　数：90 千字
版　　次：2013 年 12 月第 1 版
印　　次：2017 年 2 月第 4 次印刷
定　　价：19.50 元